# Petits arrangements entre amis

Yvan Stefanovitch

# Petits arrangements entre amis

Albin Michel

« J'entends par jugement politique l'arrêt que prononce un corps politique momentanément revêtu du droit de juger. »

Alexis de Tocqueville,
*De la démocratie en Amérique*, 1848.

# Sommaire

PREMIÈRE PARTIE
LE JUSTICIABLE, VOILÀ L'ENNEMI !



DEUXIÈME PARTIE
UNE MAISON VRAIMENT EXEMPLAIRE ?

## TROISIÈME PARTIE
## LA POLITIQUE DANS UN FAUTEUIL

Qu'est-ce que le Conseil d'État ? Un tribunal ? Une partie du gouvernement ? Une autorité administrative ? Qui y travaille ? Mystère, sauf pour quelques milliers d'initiés... Ses membres, le grand public ne les identifie pas du tout, alors qu'ils sont partout dans l'administration et les grandes entreprises privées.

En dehors du droit pénal et du droit civil, la jurisprudence issue des décisions du Conseil d'État encadre la vie quotidienne des Français dans toutes ses dimensions : les restrictions aux droits du citoyen face au terrorisme, la liberté de manifester et l'utilisation d'armes létales ou non par la police, le port du voile, les mouvements migratoires, les retraits de permis de conduire en cas d'excès de vitesse, les permis de construire, l'attribution d'aides sociales, les droits et libertés des fonctionnaires, les réclamations pour des impôts indus...

Comme Monsieur Jourdain faisait de la prose sans le savoir, les Français baignent chaque jour, sans le savoir, dans des règles de vie largement modelées par le Conseil d'État.

D'où vient qu'ils ne le sachent pas ? Faute d'une éducation civique appropriée, comme en matière de protection sociale ? Parce que l'institution qui siège au Palais-Royal reste peu transparente ? Le caractère ésotérique de la procédure ?

La récente entrée dans la modernité du Conseil d'État s'est traduite par plusieurs innovations, si l'on peut dire : la nomination d'un porte-parole et d'une directrice de l'information et de la communication, une avalanche de communiqués de presse, la simplification de la déposition de requête censée se faire en un seul clic, un site accrocheur, un nouveau style de publications tout en couleurs avec des photos, une informatique juridique omniprésente, ou... des écrans dans les couloirs.

Personne pourtant ne s'intéresse au « Conseil », pas même les Gilets jaunes et les contestataires de tous poils qui dénoncent les élites. La confrérie la plus prestigieuse et la plus secrète de la République se découvre à la sortie du métro Palais-Royal, juste en face du musée du Louvre. L'édifice est majestueux, sa grille d'entrée monumentale depuis quelque temps sécurisée, à cause de quelques happenings dans la cour d'entrée... Il faut lever les yeux à hauteur du premier étage pour apercevoir la raison sociale.

Au-dessus des jardins du Palais-Royal et des colonnes de Buren, entre la Comédie-Française, le ministère de la Culture et le Conseil constitutionnel, le palais que s'était fait construire Richelieu abrite le Conseil d'État. Et les rumeurs de la rue ne lui parviennent qu'à faible bruit. Il est difficile de se faire une idée précise des rites et des rythmes de l'institution et de ce qui fait marcher ou courir ses membres. Notre enquête n'en a pas moins mis au jour quelques vérités dérangeantes.

Malgré des discours officiels qui se veulent rassurants, le Conseil d'État est rongé, miné par plusieurs maladies : l'explosion des contentieux entre l'État et les Français depuis quarante ans ; l'éloignement des justiciables au moyen de mesures de toutes sortes ; le manque d'effectifs ; le laxisme de juges qui ne rendent que très peu de jugements chaque mois ; d'autres qui ne veulent plus juger et font des allers-retours dans l'administration ou comme avocats ; le manque de sérieux dans la présentation statistique de ses activités...

Les portes s'ouvrent en grinçant légèrement : nous voilà à l'intérieur de l'institution.

PREMIÈRE PARTIE

# LE JUSTICIABLE, VOILÀ L'ENNEMI !

# Chapitre 1

## Une maison au bord de l'étouffement

Le droit administratif, à la différence du droit civil et du droit pénal, a longtemps été une construction jurisprudentielle et c'est au fil des décisions prises sur les litiges qui lui étaient soumis, que le Conseil d'État, seul juge administratif pendant près d'un siècle, a mis en place sa fabrique du droit. Mais le législateur et les gouvernements successifs se sont peu à peu à leur tour saisis des innombrables matières relevant totalement ou pour partie du droit dit administratif : impôts, construction, logement, urbanisme, environnement, protection sociale, santé, entrée et séjour des étrangers et droit d'asile. Il en est résulté une prolifération ahurissante de normes en tout genre qui a rendu nécessaire l'établissement d'une dizaine de codes, sans cesse remis sur le métier.

Or, toujours avides de justice, les Français tolèrent de moins en moins qu'on ne respecte pas les droits qu'on leur a concédés. D'où la progression constante des requêtes déposées devant la juridiction administrative depuis quarante années.

Une inflation bien mystérieuse, sinon contradictoire. En effet, le caractère opaque, froid, presque inhumain de la procédure devant le Conseil d'État, le fait que les requérants ne s'y expriment jamais et que les avocats ne plaident quasiment pas, tout cela n'encourage pas *a priori* le justiciable à déposer des requêtes.

## *Une procédure ésotérique*

En détachement du Palais-Royal, successivement comme secrétaire général adjoint de l'Élysée, puis secrétaire général du gouvernement, président de Gaz de France et enfin de la SNCF, le conseiller d'État maintenant honoraire Jacques Fournier témoigne de l'archaïsme du système : « La procédure administrative se déroule sans que l'on voie jamais le justiciable. Les échanges se font par écrit, que le requérant ait ou non un avocat. L'avocat peut théoriquement plaider mais l'usage veut qu'il ne le fasse pratiquement jamais. On entend à l'audience le commissaire du gouvernement, qui est un membre du Conseil d'État[1]. »

Cette procédure écrite, souvent rédigée dans une langue incompréhensible pour le commun des mortels, se double d'un jugement à l'énoncé rempli de non-dits. Ainsi, la motivation d'un arrêt – un jugement, en clair – est rendue de manière laconique, voire lapidaire. Le juge se borne à

1. Jacques Fournier, *Itinéraire d'un fonctionnaire engagé*, Dalloz, 2008.

formuler un principe général du droit, sans en donner les justifications. Une littérature difficile donc à comprendre pour le justiciable, alors que le juge administratif fait appel, lui, à toutes sortes de considérations juridiques ou non pour rendre sa décision. Il peut s'agir de facteurs d'équité, voire d'opportunité politique, moraux, d'efficacité économique ou de justice sociale. Tous ces arguments ne sont pas repris dans les arrêts du Conseil d'État, pourtant souvent inspirés par des décisions précédentes. En somme, le non-dit est à un jugement du Conseil d'État ce que l'échafaudage est à un bâtiment...

En dehors du caractère uniquement écrit de la procédure et du laconisme de l'énoncé des jugements, un autre élément fait que le juge n'est pas très accueillant envers le justiciable. Certes, le dépôt d'une requête reste gratuit et il suffit de la taper sur un ordinateur, puis de l'envoyer d'un clic. Curieusement, le coût élevé d'un avocat n'a jamais refréné les ardeurs des justiciables.

Devant les tribunaux administratifs, 40 % des recours se font sans avocat pour ce qu'on appelle les excès de pouvoir – contre des décisions de l'administration ou des collectivités locales –, et le reste avec conseil pour des requêtes indemnitaires en responsabilité contre l'État. En revanche, le ministère d'avocat est obligatoire devant les cours administratives d'appel (50 % des recours y concernent des migrants), compétentes pour juger en appel les décisions des tribunaux administratifs. L'ensemble des litiges s'arrêtent définitivement à hauteur de 95 % dans les tribunaux administratifs et les cours administratives d'appel.

Une simple lettre ou un télérecours envoyé place du Palais-Royal suffit donc pour demander, sans ministère d'avocat, l'annulation pour excès de pouvoir d'un décret ou d'une ordonnance signés par le président de la République, le Premier ministre ou un ministre (11,3 % des recours). Dans tous ces cas dits de premier ressort, le requérant doit se faire aider par une association, un syndicat ou un avocat travaillant bénévolement. La simple surveillance par l'intéressé de sa boîte à lettres est suffisante pour éviter les désistements automatiques en cas de non-respect de délais de prescription. Mais pas vraiment suffisant pour comprendre une procédure complexe à souhait.

Pour le reste, c'est-à-dire essentiellement les procédures en cassation (67,9 % des cas) devant le Conseil d'État, l'avocat est obligatoire pour tous les recours contre les décisions des cours administratives d'appel et des jugements des tribunaux administratifs, notamment celles sans possibilité d'appel : permis de conduire, aide sociale, pensions et actions indemnitaires dont le montant n'excède pas 10 000 euros.

Il existe un bureau d'aide juridictionnelle au Conseil d'État, qui accorde une aide couvrant totalement les frais d'avocat si le bénéficiaire gagne moins de 1 017 euros brut par mois. Un millier environ des 10 000 justiciables chaque année, dont pour la moitié des étrangers, en bénéficient.

### *Des honoraires élevés*

On ne peut cependant pas prendre n'importe quel conseil dans cette procédure, l'avocat doit impérativement appartenir à l'ordre des avocats au Conseil d'État et à la Cour de cassation. Ces avocats jouissent, de par leur office ministériel, d'un monopole concernant les recours en cassation menés devant les deux instances suprêmes. Un statut reconnu par une ordonnance de 1817, instauré par Louis XVIII, et qui n'a jamais été modifié depuis. Cette soixantaine de cabinets, regroupant 112 avocats qui ont acheté leur charge (de 500 000 à plusieurs millions d'euros), pratique des tarifs très élevés, de 3 000 à 5 000 euros au minimum, nettement au-dessus de ceux des avocats ordinaires, qui ont le droit, eux, de plaider uniquement devant les autres juridictions.

Chacun de ces 112 avocats a réalisé, en 2014, un bénéfice net imposable mensuel moyen de 36 000 euros, charges déduites notamment d'emprunts. L'Autorité de la concurrence a rendu publics tous ces chiffres dans un rapport, le 10 octobre 2016, où elle dénonce le caractère monopolistique de cette activité et les risques de conflits d'intérêts entre les juges de ces deux cours suprêmes et ces 112 avocats.

Malgré une procédure totalement écrite, un vocabulaire incompréhensible et le coût nettement exagéré des avocats au Conseil, les Français ont déposé, depuis une quarantaine d'années, de plus en plus de requêtes devant le Conseil d'État et ses juridictions subordonnées. Le rythme moyen d'augmentation est de 6 % par an[1]. Comment expliquer que les justiciables ne se soient pas découragés d'eux-mêmes ?

Tout simplement parce que ces Français, qui ont eu maille à partir avec l'État, n'avaient qu'un seul interlocuteur possible pour s'occuper de leurs différends avec l'administration : le juge administratif. Ils n'avaient pas le choix, contrairement à tout justiciable au pénal ou au civil, où les procédures d'arbitrage ou de médiation existent, sans compter les procédures de divorce sans juge depuis 2017.

Certes, le juge de tous les litiges administratifs n'est plus seulement le Conseil d'État, depuis la création, en 1953, des tribunaux administratifs et, en 1987, des cours administratives d'appel, deux juridictions qui sont complètement dépendantes de la doctrine et du management du Conseil d'État. Leur création devait permettre au Conseil de faire face à l'explosion du contentieux administratif qui s'est particulièrement manifestée après la Seconde Guerre mondiale. Mais il n'en a rien été...

Dans les tribunaux administratifs, la hausse des affaires enregistrées est de 5,2 % par an depuis cinquante ans ; avec une proportion moyenne de jugements à raison de 30 % pour les migrants et 10 % pour l'aide sociale. Depuis la création des cours administratives d'appel, le taux de progression des

1. Voir le discours de l'ancien vice-président du Conseil d'État, Jean-Marc Sauvé, devant le tribunal administratif de Cergy-Pontoise (Val-d'Oise), le 18 décembre 2017.

nouveaux recours depuis presque trente ans y est de 8,2 % par an[1].

Et les effectifs de l'institution ? Ils sont loin d'avoir progressé au même rythme que les besoins des justiciables. La création, en un peu plus d'un demi-siècle, de quelque 1 260 postes de magistrats administratifs n'a pas permis d'éponger la marée de contentieux provoquée par la diarrhée législative et réglementaire. Ces juges ont fait l'ENA mais n'en sont pas sortis dans la « botte », c'est-à-dire dans les quinze premiers, comme leurs collègues du Conseil d'État.

Ils n'ont pas les mêmes salaires (30 % en moyenne de moins que leurs homologues du Palais-Royal, soit de l'ordre de 7 000 euros net mensuels) et surtout ils sont à leurs ordres (ou presque !). En matière d'organisation, les conseillers d'État décident, les magistrats administratifs exécutent et sont les soutiers du système. Ces fonctionnaires sont en première ligne pour affronter l'inflation des requêtes de migrants et de requérants de l'aide sociale. Ces contentieux de masse doivent être stoppés avant le Palais-Royal.

Il y a aujourd'hui 42 tribunaux administratifs et, d'ici 2021, une neuvième cour administrative d'appel (une juridiction toujours présidée par un conseiller d'État) doit être implantée en Occitanie. Les rares crédits en personnel sont surtout consacrés depuis plusieurs années à la Cour nationale du droit d'asile (dirigée elle aussi par un

1. Interview de Jean-Marc Sauvé par Fred Guilledoux, *La Provence*, 23 novembre 2017.

conseiller d'État) qui, elle, explose sous le nombre des demandes.

## *L'aura du Conseil l'empêche d'avoir plus de juges*

Paradoxe : cet appétit des Français pour le Conseil d'État n'a jamais conduit ce dernier à augmenter ses effectifs physiques de membres rémunérés. L'institution ne fait aucune publicité à l'évolution squelettique du nombre de ses membres. Il y en avait 180 en 1945, 272 en 1992 et ils sont aujourd'hui 323. Le corps aurait, selon ses responsables, perdu en prestige s'il avait multiplié le nombre de ses membres. Tous nos interlocuteurs au Palais-Royal le croient sincèrement. On aurait certainement travaillé dans de bien meilleures conditions, cependant la réputation d'excellence de la haute juridiction en aurait pris un sacré coup.

Mais il y a plus surprenant et le Conseil d'État n'y est pour rien. En effet, les nouvelles règles de ce qu'on appelle la LOLF (loi organique relative aux lois des finances en application depuis 2006 dans toute l'administration) définissent une comptabilité publique transversale intégrant une logique dite de performance. En un mot, on a mis en place de beaux indicateurs (délai de jugement ou nombre d'arrêts rendus par chaque juge), mais on ne sait toujours pas qui fait quoi au Conseil d'État...

En 2018, le Palais-Royal comptait 323 membres en effectifs physiques. Au-delà de ce chiffre, c'est la bouteille à l'encre. Certes, Bercy a défini un plafond d'emplois mais uniquement pour les membres rémunérés par l'État. Soit pour 227 membres qui sont censés travailler dans les sections administratives ou à la section du contentieux. En fait, ces 227 sont calculés non pas en effectifs physiques mais en ETPT, soit en équivalent temps plein travaillé sur l'année 2018. C'est-à-dire des membres du Conseil d'État qui travaillent à plein temps, à mi-temps ou à quart de temps.

En outre, de par son statut, chaque membre du Conseil d'État peut dans l'année changer plusieurs fois d'affectation ou être en détachement dans l'administration, ou en disponibilité dans le privé. Tout en cumulant des activités dites accessoires. De plus, toute une série de contractuels de bon niveau, en général des hauts fonctionnaires en mobilité ou recasés là en fin de carrière, font le même travail que les membres du Conseil d'État. Tous ces vrais-faux membres n'apparaissent pas clairement dans les comptes officiels. Des comptes qui, malgré tout, tombent merveilleusement justes, à l'unité près, pour 2018[1] !

Cerise sur le gâteau : parmi les membres travaillant au Palais-Royal, on en compte toujours qui

1. Pour ne pas tout mélanger ici, nous donnerons des chiffres en ETPT pour les membres travaillant à l'intérieur du Conseil d'État. Et en chiffres physiques pour leurs collègues travaillant à l'extérieur. Lors de son audition au Sénat, le vice-président Bruno Lasserre a indiqué les effectifs physiques des membres pour 2018 : 26 mis en disponibilité dans le privé et 70 en détachement dans l'administration ou les entreprises publiques.

officient en étant mis à disposition dans des cabinets ministériels, des organismes communautaires à Bruxelles et au Parlement, comme élus.

Cette gestion opaque des effectifs ne permet pas de connaître par exemple à un instant T le nombre exact de fonctionnaires du Conseil (et assimilés) travaillant à la section du contentieux. Un paradoxe de plus.

On peut comparer avec l'autre juridiction suprême, celle de l'ordre judiciaire, la Cour de cassation, dont les membres sont passés de 135 en 1977, à 179 en 1999 et à 277 en 2014. Ce qui montre une augmentation très forte de près de 55 % du nombre de magistrats en quinze années[1]. Certes, la Cour de cassation traite environ 25 000 dossiers par an contre 9 500 pour le Conseil d'État, ce pilier de l'État qui n'a tout de même pas fait vœu de pauvreté !

Dans ces conditions, l'exigence de qualité de la justice a fait naître un climat d'angoisse dans l'ensemble de la juridiction administrative. De nombreux conseillers se sentent dans la peau de Sisyphe, incapables de faire face à ces flux de requêtes. Cette anxiété nourrit un détachement certain vis-à-vis des dossiers. Elle produit aussi une distance chez les mêmes juges, en l'espèce le désir grandissant de fuite vers d'autres pans de l'administration ou le privé, en vue de décrocher des occupations plus intéressantes et mieux rémunérées.

1. Voir le rapport « Régulation des contentieux devant les cours suprêmes », Club des juristes, 6 octobre 2014.

Ces hauts fonctionnaires d'excellence ne sont pas arrivés place du Palais-Royal pour se faire les juges de l'intérêt général et les défenseurs des libertés individuelles, face à des dossiers qu'ils estiment sans intérêt. À Sciences Po, puis à l'ENA, leurs professeurs, venus eux-mêmes souvent du Conseil d'État, leur ont vanté tout autre chose : la possibilité d'une grande évasion à la poursuite des meilleurs postes dans le privé et le public. De même que Rome n'est pas dans Rome, l'institution enracine de plus en plus sa toute-puissance et son rayonnement dans ses chasses gardées : l'Élysée, Matignon, le secrétariat général du gouvernement et les cabinets ministériels, les autorités administratives indépendantes et... quelques multinationales.

## *Le Palais-Royal menacé ?*

Avant de démissionner en 1996 du Conseil d'État après être venu y travailler seulement pour participer à quelques rares jugements en trois ans[1], Régis Debray avait ainsi résumé ses états d'âme de juge administratif au contentieux dans une lettre adressée au vice-président de l'époque, Renaud Denoix de Saint Marc : « Le Conseil d'État est un lieu d'excellence. Encore faudrait-il qu'il y ait

1. Selon le site spécialisé Juricaf, une banque de données juridiques réalisée en partenariat avec l'Association des cours judiciaires suprêmes françaises et francophones et l'université Paris-I. Il faut noter que le mode de collecte des données et la méthode de calcul sous-estiment parfois le nombre de décisions attribuées à certains magistrats.

un État à conseiller. À quoi sert de servir quelque chose qui ne sert plus ? Pourquoi soigner un corps dont l'âme s'éteint ? De l'État républicain, celui qui survit bon an mal an sous nos yeux, ayant déserté ses propres principes et finalités, n'a plus que les apparences... Sous couvert de "modernisation", l'abaissement des services publics en entreprises commerciales et l'intérêt général partout remplacé par la seule logique de rentabilité. »

Au-delà du débat sur l'affaiblissement généralisé de la notion d'État, comment réagir face au malaise de la justice administrative, tout en la rendant pertinente, efficace et de qualité comme le souhaitait récemment Bruno Lasserre, vice-président du Conseil d'État, autrement dit son patron[1] ? Cette idée de justice efficace et de qualité recouvrait notamment le problème sensible des délais de jugement. Le caractère excessif de ces délais (jusqu'à trois ou quatre ans au début des années 2000), en un mot l'indolence congénitale du juge administratif, a durablement contribué à ternir sa réputation, même si le juge judiciaire peut lui aussi se voir reprocher sa lenteur et si, dans quelques pays voisins, comme la Grande-Bretagne, on enregistre couramment des délais allant jusqu'à une dizaine d'années !

En dehors de l'inflation irréversible du contentieux, le Palais-Royal voit de surcroît son monopole ébranlé depuis un bon moment. Le Conseil constitutionnel, gardien des lois, réduit le Palais-Royal à

---

1. Bilan d'activité 2018 du Conseil d'État et de la justice administrative.

ne plus s'occuper que de la légalité des décrets. Les cours européennes ne le ménagent pas non plus, lui infligeant de cinglants désaveux et même des amendes. Et le pire : la Cour de cassation, qui semble plus ouverte, serait-elle capable de traiter le contentieux administratif mieux que le juge actuel ?

Le Conseil d'État se sent parfois menacé. La maîtrise du contentieux, à tout prix, est donc devenue brusquement la priorité des priorités.

Que fait l'institution des vertueux objectifs et des belles paroles de son vice-président ?

# Chapitre 2

## Une puissance invisible

À la base du rayonnement du Conseil d'État et de la protection qu'il offre même à ses éléments les plus dissipés, il y a une institution connue des seuls initiés : le secrétariat général du gouvernement (SGG). Créé en 1935, le SGG constitue le bras armé, si l'on peut dire, du Premier ministre. Cet organisme est chargé du pilotage de l'action gouvernementale et de la coordination entre les différents ministères, ce qui n'est pas une sinécure. Et, en cas de cohabitation ou d'alternance politique, il doit maintenir la continuité de l'État. Depuis 1935, sur ses vingt titulaires, un seul secrétaire général, celui du gouvernement provisoire du général de Gaulle en 1946, n'a pas appartenu au Conseil d'État, le diplomate et gaulliste Louis Joxe. Cette chasse gardée du Conseil est devenue une tradition que personne ne remet en cause dans la haute fonction publique et parmi le personnel politique. Pourquoi ? C'est une tradition, on est en France et... le Conseil d'État en fait une affaire de principe !

## *Collaborateur du prince*

De manière presque caricaturale, le secrétaire général du gouvernement André Ségalat a résisté à vingt-deux présidents du Conseil sous la IVe République pendant douze ans d'affilée, de 1946 au début de l'année 1958. Au centre d'un mécanisme institutionnel rythmé par un changement de gouvernement tous les six mois en moyenne, ce conseiller d'État a su incarner l'administration et a installé durablement le Palais-Royal à la tête du SGG.

Cet ami de toujours du très gaulliste Michel Debré lui a donné ses règles de fonctionnement et ses titres de noblesse. Témoin muet de tous les Conseils des ministres, André Ségalat était devenu une sorte de notaire de l'action gouvernementale, élevant le secret des délibérations des séances à hauteur de celui de la confession dans l'Église catholique. Au passage bien sûr, ce serviteur de l'État a glané quelques avantages pour les membres de son corps, notamment dans le choix des nominations aux postes importants.

Au début de l'année 1958, sous le gouvernement de Félix Gaillard, André Ségalat, un peu fatigué de l'instabilité ministérielle, hérite de la présidence de la SNCF, où il restera jusqu'en 1975 avant d'être nommé au Conseil constitutionnel. Cet archétype des plus proches collaborateurs du prince sera remplacé à la tête du SGG par un gaulliste pur et dur, Roger Belin, qui assurera une transition en douceur pour se mettre aux ordres du Général... Comme quoi, le Conseil sait respirer l'air du temps.

Les relations du SGG avec le Conseil d'État se sont encore resserrées de 1987 à 2018. En effet, les secrétaires généraux successifs du gouvernement sont toujours devenus, juste après avoir exercé cette fonction, vice-présidents du Palais-Royal. À savoir, les conseillers d'État Marceau Long, Renaud Denoix de Saint Marc et Jean-Marc Sauvé. Plus fort encore : le destin de l'actuel secrétaire général du gouvernement, Marc Guillaume, semble lui aussi tout tracé.

En 2022, l'actuel vice-président, Bruno Lasserre, aura atteint la limite d'âge de soixante-huit ans. En attendant cette date, en avril 2019, Marc Guillaume a fait nommer Thierry-Xavier Girardot, son adjoint au SGG depuis 2009, secrétaire général du Conseil d'État. Ces chassés-croisés entre le SGG, la vice-présidence et le secrétariat général du Conseil ne choquent personne à l'exception de quelques initiés qui n'osent protester. Contre quoi d'ailleurs ?

### *Chirac exige le remplacement du patron du SGG*

Un seul secrétaire général du gouvernement n'a pas survécu à une alternance politique : Jacques Fournier. Juste après sa victoire sur la gauche aux législatives de mars 1986, le nouveau Premier ministre Jacques Chirac avait exigé qu'il quitte ce poste sensible. Le président Mitterrand n'avait pas pu s'opposer à la mise à l'écart de ce vieux socialiste, remplacé au pied levé par Renaud Denoix de Saint Marc, un autre conseiller d'État jugé moins marqué politiquement.

Conséquence de cette osmose entre le secrétaire général du gouvernement et le locataire de Matignon, le premier ne peut pas refuser grand-chose au second. Un an après avoir été nommé, Renaud Denoix de Saint Marc n'a pu que s'incliner devant une sanction visant un de ses collègues du Conseil, pourtant apprécié de tous au Palais-Royal.

En effet, en 1987, Jean Kahn (ancien militant communiste puis socialiste, devenu un fidèle de François Mitterrand) a été obligé de quitter la présidence de la section de l'intérieur à l'âge de 65 ans pour redevenir simple conseiller d'État. La nouvelle majorité parlementaire de droite avait voté, le 23 décembre 1986, une loi qui obligeait les présidents de section du Conseil à abandonner, à l'âge de 65 ans, leur fonction. Une loi votée uniquement pour régler le sort de Jean Kahn.

De même, le prédécesseur de Renaud Denoix de Saint Marc à la tête du SGG, le socialiste Jacques Fournier, n'avait rien pu faire pour aider son collègue Guy Braibant, qu'il estimait beaucoup. Ce conseiller d'État au passé communiste n'a pu accéder à la présidence de la section du contentieux au début de 1985, comme il aurait dû le faire en toute logique. En effet, le président Mitterrand, viscéralement anticommuniste – en dépit de l'union de la gauche –, s'était opposé à cette nomination à laquelle l'un de ses proches, le vice-président du

Conseil d'État Pierre Nicolaÿ, n'était pourtant pas hostile... Belle leçon de réalisme politique pour la haute juridiction.

### *Un conseiller d'État, vice-Premier ministre*

Ah, la fameuse indépendance du Conseil d'État ! Le règne du Général l'a tout de suite malmenée.

Le 9 novembre 1960, le secrétaire général de l'administration en Algérie, André Jacomet, démissionnait de ses fonctions. Il venait de commenter sévèrement le projet gouvernemental de décider de l'avenir de l'Algérie par voie de référendum. Trois jours plus tard, un décret le révoquait de son corps d'origine, alors que son collègue du Conseil, Michel Debré, était devenu Premier ministre. Or justement, même si ce rôle est censé être purement formel, c'est le Premier ministre qui préside, ès qualité, le Conseil d'État. En tout cas cette mesure inédite surprit alors par sa brutalité – l'expulsion du corps –, et sa rapidité, trois jours !

Secrétaire général du gouvernement à l'époque, le gaulliste et conseiller d'État Roger Belin n'a pas bougé le petit doigt lui non plus pour s'opposer à cette mesure qu'il savait parfaitement illégale. Si la fonction de secrétaire général de l'administration en Algérie faisait partie des emplois discrétionnaires dont le gouvernement pouvait relever les titulaires pour simple convenance politique et en dehors de toute considération disciplinaire, tel n'était pas le cas de sa qualité de membre du Conseil d'État. Huit ans plus tard, juste après les événements de mai 1968, un décret que le général de Gaulle signa, contraint et forcé, réintégrait opportunément André Jacomet au Conseil d'État. L'indépendance de la haute juridiction en avait pris encore un sacré coup ! Et le SGG avait montré son double visage : le doigt sur la couture du pantalon pour exécuter les ordres du gouvernement, tout en développant au maximum la puissance du Conseil.

Le rôle officiel du SGG reste peu connu. Conseiller juridique du gouvernement, il est aussi responsable de la préparation ainsi que de la tenue du Conseil des ministres et de la coordination des services du Premier ministre. Vice-Premier ministre de fait – au moins pour ce qui concerne l'intendance, ce qui n'est pas rien –, Marc Guillaume occupe le rez-de-chaussée de Matignon à la tête de sa petite armée. Haut fonctionnaire à l'esprit délié derrière ses petites lunettes et ses costumes de bonne coupe, cet énarque ne répond pas aux demandes d'interview, sauf pour être questionné par un autre conseiller d'État dans une revue administrative[1]. Il ne s'est jamais présenté à une élection, ne passe jamais à la télévision ou à la radio, et il n'est pas d'usage que M. le secrétaire général publie ses Mémoires…

Auteur d'un rapport sur « Les mutations de la haute fonction publique », le sénateur Pierre-Yves Collombat (La France insoumise) décrit ainsi Marc

1. Voir Mattias Guyomar (président de la 10e chambre de la section du contentieux), « Entretien avec Marc Guillaume, secrétaire général du gouvernement », *Les Cahiers de la fonction publique*, n° 372, décembre 2016.

Guillaume : « Représenter le peuple serait plutôt une circonstance aggravante comme nous l'a clairement montré, lors de son audition à huis clos, à sa demande, la morgue polie qui sied aux serviteurs zélés des grandes maisons, le secrétaire général du gouvernement. [...] Entendu sous serment, s'il a certainement dit la vérité, il est sans doute loin d'avoir tout dit. D'ailleurs, à l'en croire, il n'a jamais fait qu'exécuter strictement les consignes du Premier ministre. C'est à peine, en matière de nomination notamment, s'il se résignait à donner le meilleur conseil possible lorsque d'aventure un ministre le lui demandait[1] ! »

Personne ne le connaît dans la France profonde, alors qu'il a davantage d'influence que bien des ministres. En réalité, cet homme incarne à lui seul la grande proximité entre le Conseil d'État et les pouvoirs publics. Le mercredi matin, c'est lui le premier arrivé au Conseil des ministres, où il est le seul autorisé à prendre des notes. Officiellement, il est le garant de la qualité juridique des textes, lois et décrets adoptés par le Conseil des ministres. En fait, le secrétaire général dirige une véritable gare de triage ou tour de contrôle du gouvernement.

Par l'intermédiaire du secrétaire général du gouvernement, la puissance du Conseil d'État joue sur le terrain des réseaux, des liens d'intérêts, des influences croisées de la politique et des ambitions

1. Rapport du sénateur Pierre-Yves Collombat, « Les mutations de la haute fonction publique et leurs conséquences sur le fonctionnement des institutions de la République », 4 octobre 2008.

individuelles au service de la meilleure carrière possible. Un formidable système, où chaque « partant » doit recommander un de ses collègues du Palais-Royal pour lui succéder. Comme ses prédécesseurs à la tête du SGG, Marc Guillaume représente avant tout la force du Conseil face à tous les gouvernements en place.

# Chapitre 3

## L'arme fatale anti-justiciable

Entouré d'un réel prestige, le Conseil d'État existe d'abord pour accomplir une mission : rendre la justice. Malheureusement, l'explosion des contentieux a mis en péril ce noble objectif.

Pour endiguer l'inflation des requêtes, un couperet a été inventé. En fait, cette procédure expéditive a permis, en 2018, de rejeter sans examen au fond environ 31 % des 9 583 affaires enregistrées. Il s'agissait essentiellement de pourvois en cassation contre des arrêts des juridictions administratives. Le rapport annuel 2019 de l'institution pour ses activités en 2018 dissimule soigneusement la catégorie de contentieux liée à chacun de ces recours annulés. Le 6 octobre 2019, nous les avons demandés par mail au vice-président Bruno Lasserre.

Par l'intermédiaire d'un haut fonctionnaire en poste dans une administration, un avocat à la Cour de cassation et au Conseil d'État avait accepté de me recevoir. J'avais promis de préserver son anonymat. Dans son bureau d'une petite rue tranquille du centre de Paris – rien à voir avec les locaux luxueux d'un avocat d'affaires –, il manifeste brutalement sa colère. Titulaire de sa charge d'avocat avec sa famille depuis plus de trois siècles, la soixantaine, l'homme n'a rien d'un novice.

Visiblement énervé, il allume son ordinateur pour faire apparaître le rapport public 2019 du Conseil d'État et m'invite à m'asseoir à ses côtés. Pour s'arrêter aux pages 55 et 56 qui montrent un tableau et un graphique sous le titre : « Évolution des affaires réglées par formation de jugement en 2018 ». D'une petite voix à peine audible, il commente lentement : « Vous voyez ici, le Conseil a rendu 9 583 décisions juridictionnelles, dont 4 946 seulement sont des jugements ou arrêts rendus par des formations collégiales. »

## *Un initié scandalisé*

La suite, je le comprends vite, correspond à 4 637 ordonnances, dont 1 241 sont des décisions du président de la section du contentieux en matière d'aide juridictionnelle et de compétences d'autres juridictions. « Vous voyez ici le reste de ces ordonnances au nombre de 3 031, explique-t-il, vous retranchez une soixantaine de dossiers intéressant la sûreté de l'État. Et vous obtenez environ 3 000 ordonnances dites de tri. »

Et l'avocat de pointer son doigt sur l'écran en affirmant, tout en haussant la voix : « Avec ce nombre de presque 3 000 ordonnances de tri, vous avez la preuve que ces juges ne veulent plus juger. C'est scandaleux ! » En effet, selon le

Code de justice administrative, les dix présidents de chambre de la section du contentieux peuvent signer des ordonnances de tri. Chacune de ces ordonnances considère une requête comme irrecevable, sur le plan de la forme, ou manifestement infondée, en matière d'argumentation (ce qu'on appelle les moyens dans le jargon du Palais-Royal), et ne pouvant donc être jugée.

Le site du Conseil reste muet, lui, sur le sujet, tout comme la quasi-totalité des conseillers d'État ou maîtres des requêtes que j'ai interrogés. Curieusement, presque tous refusent d'évoquer ce secret de polichinelle... L'article L. 822-1 du Code de justice administrative, qui ne parle à aucun moment d'ordonnances de tri, prévoit que « le pourvoi en cassation devant le Conseil d'État fait l'objet d'une procédure préalable d'admission ». Si le pourvoi est « jugé irrecevable ou ne contenant aucun moyen de nature à justifier une instruction », il fait l'objet d'une décision de non-admission, en fait d'une ordonnance de tri, lue en audience publique de la chambre concernée. Cette procédure n'est pas contradictoire : un président de chambre examine seul, avec l'aide d'assistants du contentieux (dont des étudiants en droit !) et de greffiers, chaque pourvoi présenté.

Le rêve de ces étudiants peu contestataires : faire l'ENA et devenir membre du Conseil ou au pire d'une juridiction administrative. Leur nombre n'apparaît pas dans les documents budgétaires de Bercy puisqu'ils sont employés comme contractuels. On les appelle du joli nom de « personnel d'aide à la décision »... En un mot, ils jugent sans être juges ! Aucun autre juge ne participe à la mise au point de cette procédure discrétionnaire de fait, ce qui bien entendu profite à tous les indicateurs de performance du Conseil d'État, notamment le nombre et les délais de jugement.

Questionné sur les conséquences dommageables de ce système pour les défenseurs, l'avocat me répond, nullement gêné : « Moi, je n'ai pas de collaborateurs. Je rédige seul tous mes mémoires. C'est rageant de voir des heures de travail sabotées bien souvent uniquement pour réduire le niveau de la marée des contentieux. Enfin, ils nous préviennent une quinzaine de jours avant de prendre leur décision. On va les voir et on se bagarre pour sauver les affaires les plus sauvables qui iront à l'instruction, puis au jugement. Ce système est une honte en matière de procédure. »

Le couperet des ordonnances de tri a pris l'importance qu'il revêt aujourd'hui, après la publication, en 2006, d'un décret sur le sujet. Les présidents de chambre du Palais-Royal et des juridictions administratives subordonnées ont pu employer cet outil pour casser le développement exponentiel des contentieux dits de masse, notamment du droit des étrangers et du droit de l'aide sociale. Ce n'est pas un hasard si, un peu plus tard, les délais de jugement de la justice administrative ont enfin commencé à baisser.

Mais ce procédé est loin de faire l'unanimité.

Danièle Lochak, ancienne présidente du Gisti (Groupe d'information et de soutien aux travailleurs immigrés) et professeure émérite de l'université Paris-Nanterre, en fait ainsi une critique sévère : « L'ordonnance de tri et sa méconnaissance des principes fondamentaux de la procédure contentieuse laissent le champ libre à la subjectivité du juge [...]. Au-delà, la tentation est grande, dans les juridictions les plus saturées, d'utiliser l'ordonnance de tri comme un moyen de désencombrer les rôles au prix d'une entrave supplémentaire au droit de recours[1]. »

Bien sûr, une telle ordonnance peut être contestée, mais seulement par la voie d'un nouveau recours devant le Conseil d'État. Ce qui suppose alors le concours d'un avocat au coût très dissuasif, alors que l'aide juridictionnelle n'a que très peu de chances d'être accordée pour ce type de contentieux.

La contrepartie prétendument positive de ces ordonnances est bien entendu claironnée place du Palais-Royal. Les chambres réunies ont pu, grâce à ce filtre des requêtes qui ne dit pas son nom, davantage se consacrer aux dossiers les plus difficiles, dont le nombre augmente depuis 2016. Elles ont ainsi jugé 1 309 affaires compliquées, en 2018, dont certaines sont à l'origine d'un apport jurisprudentiel important.

Très imaginatifs, les sages du Palais-Royal ne se sont pas contentés de ces ordonnances comme

---

1. Danièle Lochak n'a pas souhaité nous rencontrer, nous renvoyant à ses nombreuses publications dont « Qualité de la justice administrative et du contentieux des étrangers », *Revue française d'administration publique*, ENA, 2016.

compensation au défaut d'augmentation de leurs moyens humains. Ils ont souhaité faire appel, avec l'aide du législateur, à toutes sortes d'autres barrières pour éconduire rapidement certaines catégories de justiciables.

Cauchemar évidemment des avocats, toutes ces mesures visent très officiellement à protéger – malgré eux ! – les justiciables, afin de leur éviter de perdre de l'argent et du temps dans des requêtes qui ne pourront être que rejetées au terme de l'instruction de leur affaire. En fait, il s'agit avec un art consommé d'essayer d'interdire le plus possible l'accès des prétoires administratifs à certains justiciables qui gênent ou dont les requêtes ne présentent aucun intérêt sur le plan jurisprudentiel.

### *La baguette magique de Christiane Taubira*

Un autre aménagement de la panoplie visant à réduire les vagues de requêtes était sur le feu depuis le début des années 2000... C'est la ministre de la Justice Christiane Taubira qui a été désignée pour le faire aboutir. Elle a publié, en plein cœur d'un été, le 15 août 2013, un décret portant modification du Code de justice administrative.

C'est ainsi qu'il a été décidé de mettre en place discrètement en cette période estivale une autre arme de dissuasion massive avec l'instauration dans plusieurs domaines d'un juge unique devant les tribunaux administratifs, sans possibilité d'appel, les justiciables insatisfaits ne pouvant que se pourvoir en cassation devant le Conseil d'État avec ministère d'avocat. Le résultat dissuasif était garanti avec les honoraires très élevés des avocats au Conseil d'État et à la Cour de cassation, et une aide juridictionnelle délivrée au compte-gouttes.

À la même époque était également mis en place dans certains domaines un recours administratif préalable obligatoire (à la saisine d'un juge) à déposer auprès de l'administration dont on entend contester la décision. Ce système du Rapo (Recours administratif préalable obligatoire), de triste mémoire pour les militaires victimes des dysfonctionnements du logiciel de paie Louvois, constitue à l'évidence une manœuvre pour retarder ou empêcher carrément l'accès au juge, en multipliant les cas de rejet automatique des requêtes en cas de non-respect de la procédure.

Les chiffres officiels disponibles relatifs aux contentieux sociaux devant le Conseil d'État montrent l'efficacité du décret Taubira en matière de cassation. En effet, de 2013 à 2018, les dossiers de contentieux sociaux traités par la haute juridiction n'ont jamais dépassé le chiffre de 1 000 (dont 613 au maximum pour l'aide sociale seule) sur environ 10 000 affaires enregistrées en moyenne chaque année. Soit environ 10 % de ces dossiers contre 14,5 % en 2013 ! Le tsunami des recours ayant à voir avec le droit au logement obligatoire, le RSA ou tout ce qui touche aux aides sociales n'a pas déferlé sur le Palais-Royal car il a été stoppé en cours de route devant les tribunaux administratifs. Mission accomplie…

Le justiciable, voilà l'ennemi ! Ce qui a un temps fait figure au Palais-Royal de boutade plus ou moins cynique pourrait finalement bien être la principale source d'inspiration pour certains.

## *L'éloignement du justiciable*

Le Conseil d'État a-t-il pour autant définitivement conjuré les menaces ? Ce n'est pas si sûr. Dans sa présentation dite précisément stratégique du projet annuel de performance du Conseil d'État et des autres juridictions administratives du budget 2019, le vice-président Bruno Lasserre ne cachait pas son inquiétude : « La situation des juridictions administratives demeure préoccupante en raison de la poursuite de la montée en puissance, ou de la stabilisation à un niveau très élevé, des contentieux de masse tels que les contentieux sociaux, qui regroupent l'ensemble des litiges relatifs à l'aide sociale, au revenu de solidarité active (RSA), au logement et aux droits des travailleurs sans emploi, le contentieux fiscal, celui de la fonction publique et celui des étrangers et de la forte progression du contentieux de l'asile, qui devrait s'établir à plus de 62 % entre 2016 et 2018[1]. »

1. Projet de loi fiscale 2019, « Conseil et contrôle de l'État », p. 20-21.

Aujourd'hui, les justiciables voient leurs droits rognés devant le Conseil d'État, à la fois au nom de l'équilibre budgétaire et... du confort des juges. Sous la plume de l'un de ses experts, Samuel-Frédéric Servière, la très sérieuse Fondation Ifrap (Institut pour la recherche sur les administrations et les politiques publiques) juge sévèrement le décret Taubira : « Il est tout de même choquant que le budget de la justice administrative fasse les frais d'ajustements globaux qui touchent directement aux droits des justiciables, y compris des plus modestes, tandis que d'autres (Éducation nationale, Outre-Mer, etc.) sont largement sanctuarisés. »

Sorte de pompier pyromane malgré lui, le SJA (Syndicat de la justice administrative) n'a cessé de mettre en garde les vice-présidents successifs du Palais-Royal, en pointant du doigt les menaces de paralysie de la justice administrative. Comme en témoigne la grève des magistrats administratifs du 9 février 2009.

Le paradoxe : l'institutionnalisation d'une justice à deux vitesses répond aux soucis que partageait le SJA vis-à-vis des contentieux de masse, mais ce syndicat s'en défend : « Le discours du vice-président du Conseil d'État Bruno Lasserre, mais aussi les derniers signaux qui nous ont été envoyés, explique Robin Mulot, le président du SJA, montrent clairement que nous nous orientons vers une justice à deux vitesses avec d'un côté les contentieux dits nobles (fiscalité, urbanisme, commande publique), et de l'autre les contentieux à fort volume dits contentieux de masse. [...] Pour ces contentieux de masse, les magistrats n'auront bientôt pas d'autre fonction que de présider l'audience et de signer les projets de décision qui leur auront été préparés[1]. »

Une justice bien expéditive.

1. Interview de Robin Mulot, *Fil droit public*, 23 janvier 2019.

# Chapitre 4

## Bourreaux de travail et tire-au-flanc

La volonté du Palais-Royal de filtrer les requêtes de manière discrétionnaire répond aussi au souci de préserver le charme discret qui y règne. En effet, l'examen des comptes rendus des arrêts du Conseil d'État[1] montre qu'une quinzaine de rapporteurs (fonction la moins prestigieuse parmi les juges) ne participent pas à plus d'un jugement par mois. Cet absentéisme ne date pas d'hier et s'est illustré avec des personnalités plus ou moins connues.

Une partie de ces tire-au-flanc sont issus du tour extérieur, c'est-à-dire nommés par le président de la République ou le Premier ministre à la seule condition d'avoir quarante-cinq ans révolus. Ils n'ont souvent aucune notion de droit ou s'ils en ont une, ce sont d'incorrigibles adeptes de l'école buissonnière. D'autres, mieux formés, se découragent vite face un travail ingrat, répétitif, fastidieux et sans intérêt pour qui n'a pas une vraie passion pour le droit. Enfin, il reste difficile d'être trop directif avec un ancien ministre...

1. Sur le site Juricaf.

Ces flemmards profitent du côté club anglais d'une institution très libérale, où chacun peut s'organiser pour travailler comme bon lui semble avec pour seules sanctions possibles la suppression de ses primes et une mauvaise réputation collée à la peau. Les juges du Conseil d'État y exercent leurs talents en deux temps. Il y a une unique obligation pour les membres de la section du contentieux : au moins deux après-midi par semaine sont consacrées l'une à des séances à huis clos d'instruction des affaires, et l'autre, publique, au jugement des requêtes.

### *Une instruction très secrète*

En dehors de ces deux demi-journées, les juges peuvent travailler chez eux ou en grande collégialité au Conseil, dans d'immenses salles ; avoir un bureau est un privilège réservé aux présidents de chambre et aux rapporteurs publics. Dans ces open-space situés juste au-dessus des colonnes de Buren, chacun a sa place réservée derrière un ordinateur, entouré d'une montagne de documentation et de dossiers. Le reste du temps les juges sont libres de se consacrer à des activités extérieures, quelquefois fort bien rémunérées ou bénévoles, ou de préparer sérieusement les deux après-midi de travail en principe obligatoires.

La section du contentieux comprend 10 chambres de jugement. Chacune d'entre elles regroupe des effectifs à peu près constants : une dizaine de rapporteurs (dont en général 4 conseillers d'État, 5 maîtres des requêtes et un auditeur), deux rapporteurs publics, deux assesseurs et un président. Les requêtes sont examinées, selon leur importance ou selon l'idée que s'en fait l'institution jugée, soit en chambre simple, soit en deux chambres réunies, soit en section du contentieux ou soit, enfin, au sommet, en assemblée générale du contentieux. Plus on monte vers le haut de la pyramide, plus les juges d'expérience sont nombreux et plus les dossiers sont délicats et intéressants en matière de jurisprudence.

Pour comprendre comment certains de ces juges peuvent en faire le moins possible sans risquer grand-chose, il faut se pencher sur une séance d'instruction des requêtes en chambre simple, c'est-à-dire avec trois juges. Elle s'organise sans cérémonial autour d'une grande table parsemée d'ordinateurs et entourée de fauteuils confortables, le tout dans une salle du Palais-Royal. Entouré de ses deux assesseurs, le président de la chambre fait face au rapporteur public (qui n'ouvre pas la bouche), lequel a à ses côtés plusieurs rapporteurs attendant sagement leur tour, assis devant des ordinateurs et des piles de dossiers. Il dirige seul l'instruction de manière dit-on inquisitoriale, en principe en vue de corriger, si nécessaire, le déséquilibre évident entre les deux parties, l'administration étant face à un simple citoyen.

Ici, tout est réglé selon la procédure écrite, les juges débattent oralement sous l'autorité du président, mais tous ces échanges doivent rester secrets. Ce qui n'est pas très difficile, en l'absence totale d'avocats et même de greffiers, lesquels sont en revanche très présents en général lors de l'instruction dans les procédures civiles et pénales de l'ordre judiciaire. Seul témoin assis dans son petit coin, la secrétaire de la chambre abandonne quelquefois son ordinateur, le temps d'aller chercher des dossiers à la demande du président. Ici se préparent les audiences suivantes. Une petite révolution s'annonce néanmoins, celle de l'oralité des débats. C'est le président de l'influente section du contentieux, Jean-Denis Combrexelle lui-même, qui y est favorable, comme le note *Le Monde*[1] : « Une discussion (...) permet dans certains cas d'approcher davantage la réalité. »

### *Rapporteur, le maillon faible*

Un rapporteur est désigné pour instruire chaque nouvelle requête transmise par le président de la section du contentieux. Il va veiller à la bonne communication des pièces et mémoires entre les parties. L'intéressé intervient également dans tous les incidents de l'instance et veille au respect du principe de la contradiction entre les parties, ce qui n'est pas gagné d'avance, puisque l'une des parties est l'administration. Un vrai boulot...

Le rapporteur rédige un premier projet de décision. Le dossier fait ensuite l'objet d'un second examen par un réviseur, qui est le président de la chambre ou l'un de ses deux assesseurs. Tout ce petit monde contrôle de très près le travail du rapporteur, surtout s'il a mauvaise réputation ! Si l'intéressé ne

1. *Le Monde* du 4 janvier 2020, Jean-Baptiste Jacquin.

vient pas sans prévenir, le président ne lui en confie plus et essaye de le faire affecter à une section consultative ou à un poste à l'extérieur. Il suffit de quelques tire-au-flanc pour désorganiser une chambre.

Sorti parmi les premiers de sa promotion de l'ENA, un conseiller d'État honoraire témoigne : « L'assesseur préféré du président de ma chambre me faisait la morale. Il m'a fait comprendre que mes nombreuses activités à l'extérieur du Conseil risquaient de me coûter ma bonne réputation. Je bâclais mon travail. Si je continuais, mon avenir était bouché. Miraculeusement, j'ai repris ma place de rapporteur... »

Le rapporteur est le maillon sensible des juges au contentieux. Explication : personne n'est candidat pour être nommé à ce type de poste. Les affectations y sont souvent faites sans consulter les intéressés, de manière réglementaire. Tout nouveau maître des requêtes ou conseiller d'État nommé au tour extérieur, ou encore un auditeur à sa sortie de l'ENA, doit obligatoirement passer par la case rapporteur au contentieux pendant trois ans au minimum. Seuls quelques privilégiés ont échappé à ce purgatoire, notamment l'auditeur et futur Premier ministre Édouard Balladur.

Ceux qui multiplient un peu trop les allers-retours entre le Palais-Royal et l'administration, le privé ou des cabinets d'avocats sont souvent nommés rapporteurs avant de repartir pour de nouvelles aventures. D'anciens ministres ou secrétaires d'État y atterrissent aussi le temps d'être détachés dans une sinécure... Une bonne partie de ces membres du

Conseil d'État ont occupé des postes importants dans l'administration ou le privé, et il leur est très difficile de s'intéresser au travail de rapporteur.

Lors des séances d'instruction, il est arrivé que des rapporteurs soient très mal traités, bien qu'on leur donne du monsieur ou du madame de manière onctueuse. Ainsi, un ancien gouverneur de la France d'outre-mer, nommé au tour extérieur, s'entendit sèchement dire après une heure d'exposé : « Merci, Monsieur le rapporteur, la requête était irrecevable, affaire suivante. » Le pauvre homme en était ressorti secoué. Le Palais-Royal n'est pas qu'un lieu de convivialité ; les allergies, les coteries, les préjugés, quelquefois les haines y ont leur place. En séance publique, le cérémonial immuable commence toujours à 14 heures et se termine vers 16 heures ou 17 heures au plus tard. De quoi laisser aux juges de larges espaces de liberté.

La séance publique ne fait pas toujours recette, mais conserve ses fidèles. Le vendredi après-midi, quand il s'agit d'une réunion de l'assemblée générale du contentieux (la plus haute formation de jugement de la justice administrative), il faut parfois mettre des chaises dans l'antichambre de la salle et même dans l'escalier ainsi qu'un écran de télévision. C'est ce que suggère la belle formule : les portes sont ouvertes, les décisions sont lues.

En séance publique, lors d'une audience en chambre simple à trois juges, le rapporteur bredouille un résumé du dossier au début de l'examen de chacune de la dizaine d'affaires inscrites à l'audience. On l'écoute sans passion. En fait, on est en pleine cérémonie. Les trois juges (dont le rapporteur) connaissent plutôt leurs dossiers, sauf exception...

*Le rapporteur public a ses protégés*

Depuis un siècle et demi, les choses sérieuses commencent juste après l'intervention du rapporteur. Se voulant une sorte de gendre idéal, adepte d'un style solennel et théâtral, le rapporteur public entre alors en piste pour, dans la nuit noire, amener ses collègues à bon port.

S'affichant indépendant et impartial, il fait un véritable show, debout à son pupitre comme un conférencier, avec, à sa gauche, le président et l'assesseur qui non seulement l'écoutent mais le regardent. L'intéressé connaît ses dossiers sur le bout des doigts – seuls les meilleurs juristes étant nommés à ce poste –, mais il fait surtout preuve des qualités d'un grand orateur. Ce magicien du verbe, à l'éloquence étonnante dans une matière incompréhensible, présente un intérêt complètement évident pour ses collègues. On ne regarde et on n'entend donc que lui. Dans la salle d'audience constellée de fresques allégoriques et de moulures dorées rappelant les attributs de la justice, le public non initié croit que le rapporteur public est là pour défendre à toute force le gouvernement et les administrations contre les justiciables. Il remplirait le même office que le ministère public dans l'ordre judiciaire. Ce n'est pas du tout le cas.

En fait, le rôle officiel du rapporteur public est de présenter, en toute indépendance, sa vision juridique du dossier et les solutions susceptibles d'en découler, en analysant l'argumentation des parties. Seul l'intéresse en général le point de droit soulevé par une affaire, plus que la solution concrète qui va être donnée au litige. Pour chaque dossier, sous l'œil très respectueux et attentif des conseillers, il lit ses conclusions durant cinq minutes à une heure suivant l'importance de l'affaire. Avec à sa disposition une carafe d'eau et un verre.

Il est sûr de lui et parle sans la moindre gêne, bien au contraire, car il s'adresse uniquement à des initiés qui ne sont pas forcément dans la salle. Il se moque de ne pas être compris par le public reclus dans un petit coin sur sa droite. Entre deux gorgées d'eau, il cite les précédents arrêts liés à sa démonstration, en donnant les références de dates, du célèbre *Recueil Lebon* (qui rassemble les grands arrêts de la jurisprudence), et même les numéros de page, ainsi que le nom des commentateurs de ces jugements, s'il y a lieu. Cependant, malgré la belle langue employée et une analyse juridique au laser pour le plus grand plaisir de ses petits camarades, son discours reste totalement abscons, lorsque les références se multiplient, pour un Français ordinaire…

Ensuite, le public se retire pour laisser le président et ses deux assesseurs (dont le rapporteur) rendre leur délibéré en compagnie du rapporteur public, si aucune des parties ne s'y oppose. Statistiquement, les formations de jugement de la section du contentieux suivent le plus souvent les conclusions du rapporteur public. Sa fonction est donc la clé de voûte du système dit collégial des décisions du Palais-Royal.

En dehors de ses qualités reconnues en matière d'éloquence et d'une connaissance parfaite de ses dossiers, le métier de rapporteur public repose simplement sur deux vertus. L'intéressé doit être réellement indépendant. Sorte de capitaine d'un navire, il n'a de comptes à rendre qu'à lui-même. La brillante carrière de la quasi-totalité des rapporteurs publics à l'intérieur ou à l'extérieur du Conseil d'État, au contact au plus près de l'administration, témoigne pourtant difficilement de ces vertus...

### *Jalousies et divergences*

La grande liberté des rapporteurs publics, pivots du système, et des autres juges s'accompagne de quelques règles. Pour décrocher des postes intéressants, nul ne doit franchir la ligne jaune : il faut respecter le secret des délibérations et surtout ne pas répercuter à l'extérieur la violence des accrochages entre membres, souvent bien réelle, notamment lors des réunions d'instruction à huis clos ou de l'assemblée générale du contentieux.

Si un simple rapporteur (avec des appuis politiques) peut essayer de multiplier détachements et disponibilités en dehors du Palais-Royal, il ne risque pas grand-chose en cas de retour à la maison. En revanche, dans la même situation, un rapporteur public peut très bien être rétrogradé comme rapporteur s'il n'a pas tous les appuis politiques et si ses allers-retours sont considérés comme excessifs. Mais le système récompense aussi ceux... qui travaillent. Le meilleur exemple est celui de l'ancienne directrice de cabinet de François Hollande à l'Élysée, Sylvie Hubac, qui a accumulé les allers-retours dans l'administration et aux plus beaux postes, tout en ayant à chaque retour une promotion au sein même du Conseil d'État. Elle est aujourd'hui présidente de la section de l'intérieur. Comme rapporteure, rapporteure publique, puis présidente de la 5e chambre (responsabilité hospitalière, radio et télévision, fonctionnaires de police, ordre des pharmaciens...), Sylvie Hubac a passé seize ans et demi comme juge au Palais-Royal. Elle a ainsi participé à 2 057 arrêts[1]. Sans prendre en compte son travail en section administrative pour conseiller le gouvernement, elle a donc participé à presque 11 arrêts par mois. Ce qui lui donne la moyenne extraordinaire, pour l'institution, de presque 3 arrêts par semaine. Un record qui relativise la charge de travail de ses collègues soumis à une obligation de résultat de trois jugements par mois !

Toutes les grandes carrières au Palais-Royal se font aussi en jouant des jalousies et des haines féroces entre anciens. Ainsi, le conseiller d'État

1. Selon le site spécialisé Juricaf.

Jean-Michel Belorgey raconte dans un ouvrage la demande de sanction à son encontre faite par deux de ses collègues[1]. Au départ de cette affaire, le ministre de l'Intérieur, à l'époque Charles Pasqua, avait envoyé une lettre au vice-président du Conseil d'État, Marceau Long, pour attirer son attention sur la préface que ce conseiller d'État venait de signer dans un livre sur le droit des étrangers. Le patron de la police demandait des sanctions contre Jean-Michel Belorgey.

Ce dernier raconte son dialogue avec le vice-président Marceau Long.

« Qu'avez-vous encore fait ? m'avait-il interrogé.

– Rien, ce me semble, qui soit contraire à la déontologie du corps, je suis un ancien parlementaire, c'est en cette qualité que j'ai signé le texte en litige, pas comme membre du Conseil.

– Certes, mais on ne sait pas que vous l'êtes... Enfin, ne vous inquiétez pas. On ne répondra pas... Ah, j'allais oublier, je vous dois, je crois, une information complémentaire qui peut vous être utile : deux de nos jeunes collègues [il me dit leurs noms] m'ont téléphoné pour appuyer la demande du ministre. »

Comme quoi, il y a encore d'honnêtes gens au Conseil d'État...

Mais il reste très déconseillé d'y écrire en dehors des revues juridiques spécialisées, ouvrages ou blogs de droit administratif, il est plutôt recommandé d'enseigner à l'université. Pour le reste, le

1. Voir Jean-Michel Belorgey, *Scènes de la vie publique française*, Duboiris, 2015, p. 146-147.

conseiller peut se contenter de donner libre cours à son arrogance et à sa suffisance. Chacun de ses visiteurs ressortira de son bureau convaincu de la supériorité intellectuelle de son hôte…

## Chapitre 5

# Des juges au royaume de l'entre-soi

Sous la lointaine tutelle à la fois du Premier ministre et du ministre de la Justice, le Conseil d'État s'autogère donc avec bonne conscience. Il administre aussi d'une main de fer ses 51 juridictions administratives subordonnées. À entendre les conseillers et maîtres des requêtes, cette gestion permet à ces juridictions d'être plus efficaces, notamment en matière de délai de jugement, que leurs homologues judiciaires. Une tartarinade ! Le ministère de la Justice a en charge, lui directement, le budget et l'organisation de l'ordre judiciaire, depuis les tribunaux de première instance jusqu'à la Cour de cassation.

Les sages du Palais-Royal n'ont pas de mal à coller à leur image d'Épinal : la dernière charpente de l'État, à un moment où cet État se disloque. À les entendre, ces jésuites de la compagnie du droit ne sont pas des privilégiés mais de grands serviteurs de la République ployant courageusement sous le travail.

*Pas de bureau, pas de voiture...*

Au Palais-Royal, les pauvres pensionnaires vivent, paraît-il, dans l'austérité : ils n'ont pas de bureau, pas de notes de frais, pas de voiture de service, pas de restaurant (sauf la salle à manger privée du vice-président) ou de salle de réception pour recevoir les invités de marque ou tenir des colloques. Rien ! Ou presque. Aussi les vice-présidents successifs ont-ils souvent demandé d'accueillir leurs invités de marque dans les belles salles et les meilleures tables des restaurants du Sénat (où il y a toujours deux ou trois conseillers d'État en détachement) et du Conseil économique, social et environnemental (dont la secrétaire général a longtemps appartenu au Conseil).

Le petit personnel, lui, est obligé de déjeuner à la cantine du ministère de la Culture tout proche, alors que le budget du Conseil d'État a été consacré en partie à de dispendieuses rénovations, pas toujours très heureuses, des salles des sections administratives. L'une d'elles, celle de la section des finances, retapissée en rouge, avait toute l'apparence du salon d'accueil d'une maison close à la Belle Époque... Elle a été depuis retapissée en bleu.

Certes, leur traitement mensuel net est confortable, s'échelonnant à partir de 4 000 euros (auditeur), 10 000 euros (maître des requêtes), 12 000 euros (conseiller d'État), 14 000 euros (président de section) et plus de 16 000 pour le vice-président. Sauf que le reste est secret défense !

Ces salaires peuvent être augmentés de 3 000 à 4 000 euros net mensuels grâce à des revenus annexes provenant d'activités rémunérées dans des comités, conseils d'administration ou entreprises publiques et parapubliques. D'où une multiplication des conflits d'intérêts potentiels.

Les auditeurs, maîtres des requêtes et conseillers d'État fonctionnent à l'image d'un clan très resserré. Peu de chances de trouver parmi eux des contestataires, des empêcheurs de tourner en rond ou des râleurs. Presque aucun d'entre eux, pour la présente génération, n'a été forgé au feu des expériences individuelles dans l'entreprise privée, la guerre, la Résistance, ou la vie tout court...

Chaque année, 4 membres sont recrutés parmi les quinze premiers de chaque promotion de l'ENA. La suppression des grands corps de l'État, dont celui du Conseil d'État, était dans le programme du candidat Emmanuel Macron, attaché semble-t-il à une méritocratie où les clés d'un fantastique incubateur de carrière, garanti à vie, ne seraient plus données dès l'âge de vingt-cinq ans. Plus précisément, le président de la République a envisagé sérieusement de priver les grands corps de leurs jeunes recrues sélectionnées parmi les meilleurs élèves de l'école. Ainsi, le classement dans la « botte » ne permettrait plus aux meilleurs d'entre eux de rejoindre directement le Palais-Royal, la Cour des comptes ou l'Inspection des finances, mais d'être affectés sur le terrain (plan pauvreté, RSA, énergies renouvelables...), voire au-delà du périphérique parisien.

*La compagnie de Jésus au Palais-Royal*

Patron du Conseil tout juste nommé précisément par le président Macron, le vice-président Bruno Lasserre a pourtant abandonné la langue de bois pour s'opposer bille en tête à ce projet : « Cela me gênerait considérablement, puisque je considère que la force du Conseil d'État est d'accueillir tous les ans une jeune classe d'âge, issue de l'ENA. [...] Ces recrutements sont donc aussi importants que productifs, et forcent le Conseil d'État à se remettre en question et à s'ériger comme le reflet d'une société en mutation. [...] Cette institution serait très différente si ses effectifs étaient intégrés après quinze ou vingt ans de service ailleurs[1]. »

Comment expliquer cette résistance du nouveau maître du Conseil ? Vêtu simplement, sans la moindre morgue mais armé de la certitude tranquille d'avoir toujours raison, Bruno Lasserre ressemble beaucoup au fondateur et premier supérieur général de la compagnie de Jésus, Ignace de Loyola. Sans la moustache, mais avec la même rondeur cachant une intelligence redoutable et une parfaite connaissance de ses dossiers, il a la même philosophie du devoir d'obéissance à l'Ordre et la même pratique de l'autorité, le même sens de la cohésion du groupe, alors que l'activité

1. Audition de Bruno Lasserre devant la commission d'enquête sénatoriale sur les mutations de la haute fonction publique, 3 juillet 2018.

missionnaire disperse les Jésuites aux quatre coins du monde comme les membres du Conseil d'État dans nombre d'administrations et d'entreprises.

Sa violente opposition dissimule en fait les secrets de famille du clan du Palais-Royal. Dès leur arrivée au Conseil, les tout jeunes auditeurs sont pris en main. On leur enseigne vite les tables de la Loi : le goût du secret, l'obsession du rayonnement de leur grand corps dans la République, et l'emploi d'un langage d'initié qui les protège du monde extérieur. Ce culte de l'entre-soi doit être inculqué à ceux qui ont entre vingt et trente ans.

Reste que chaque membre du Conseil n'est plus comme sous la III^e^ République une vestale du droit public, destiné uniquement à rester toute sa carrière au Palais-Royal pour juger ou conseiller le gouvernement. Certes, 20 % environ de l'effectif ne travaille jamais à l'extérieur de la haute juridiction, mais ce pourcentage tend sans cesse à baisser. Les motivations aujourd'hui d'un conseiller d'État ou d'un maître des requêtes ne sont pas désintéressées, même s'il a conscience de faire partie d'un club réservé à une élite. Un club dont les membres avaient en l'an 2000 des origines et des modes de vie typiques : à 75 %, ils habitaient à Paris, en grande majorité dans les VII^e^, VIII^e^, XVI^e^ et XVII^e^ arrondissements. Et ils venaient à 76 % de familles représentatives des classes supérieures de la fonction publique et de l'entreprise privée[1].

1. Voir Luc Rouban, « Le Conseil d'État, 1958-2008. Sociologie d'un grand corps », *Les Cahiers du CEVIPOF*, n° 49, mai 2008.

Une forme de noblesse d'État qui se perpétue sans le moindre accroc au Palais-Royal.

## *Vous avez dit indépendance ?*

En dehors du recrutement annuel des meilleurs élèves de l'ENA (40 % des effectifs) comme auditeurs, un conseiller d'État sur deux et un maître des requêtes sur trois (seule condition : avoir plus de 45 ans, sans concours ni autre formalité) sont nommés de façon discrétionnaire au tour extérieur par le président de la République. Et l'avancement se fait automatiquement dans l'ordre du tableau, c'est-à-dire en réalité à l'ancienneté, « au tour de bête », et non pas au choix[1]. Pour la nomination des sept présidents de section ou du futur patron de l'institution, c'est encore le chef de l'État qui choisit sur une liste de trois noms présentés par le vice-président du Conseil en exercice.

Arbitre officiel du vieux débat entre l'ordre public et les libertés individuelles des Français, le Conseil d'État a dans les faits entériné la quasi-totalité des décisions des pouvoirs face à la montée irrésistible du terrorisme et de la violence. Théoriquement bien sûr, pour de simples questions de droit. Certes, les maîtres des requêtes et conseillers n'ont que rarement cédé aux pièges du vedettariat (notamment le président de la 10e chambre, Mattias Guyomar) comme certains de leurs homologues de l'ordre

1. Articles R. 134-2 et R. 134-4 du Code de justice administrative.

judiciaire. Mais ils se mêlent de tout. Même si, héritier du Conseil du roi, le club prestigieux préfère régler ses affaires en famille.

*Une indispensable obscurité...*

Le symbole de l'ambiguïté ? Les conseillers d'État se sont toujours refusés à porter une robe de magistrat comme le réclament aujourd'hui de manière officielle les deux syndicats de juges des tribunaux administratifs et cours administratives d'appel, lesquels sont inamovibles, car ils exercent uniquement la profession de magistrat.

Pour mieux démontrer son attachement à la République, l'institution a abandonné, depuis plus d'un siècle, toute idée d'imposer un uniforme à ses membres. Le président Nicolas Sarkozy ne voulait plus voir son vice-président à l'Élysée mais il n'est pourtant pas allé jusqu'à faire disparaître le Conseil. Ces zones d'ombre dans l'histoire de l'institution ne sont que la partie émergée d'une juridiction bien mystérieuse.

« Quel malheur, quelle bévue si l'enquêteur allait, par une volonté de savoir mal placée, mettre fin à l'obscurité indispensable au maintien d'une institution qui lui garantit, en fin de compte, son existence légitime », note avec humour l'anthropologue Bruno Latour dans son ouvrage *La Fabrique du droit. Une ethnographie du Conseil d'État* (La Découverte, 2004). Ce professeur à Sciences Po dénonce également « un corps qui se réclame depuis deux siècles d'un total silence sur les cheminements parfois tortueux qui l'amènent à telle ou telle décision ».

L'excellente réputation de l'institution n'a pas été entachée par la mort, il y a huit ans, d'une crise cardiaque, du conseiller d'État de cinquante-trois ans Richard Descoings, dans la suite d'un grand hôtel new-yorkais où il venait de passer la nuit. La posture du patron de Sciences Po, qui affichait publiquement son homosexualité, n'a jamais fait scandale[1]. Pas plus que plusieurs de ses arrivées tôt le matin à la section du rapport et des études, place du Palais-Royal, visiblement dans un état peu propice au travail. Pas plus que ses déclarations intempestives sur le côté maison de retraite de luxe du Palais-Royal, « où il ne faut pas travailler plus de deux heures par jour ».

---

1. Voir l'ouvrage de Raphaëlle Bacqué, *Richie*, Grasset, 2015.

## DEUXIÈME PARTIE

# UNE MAISON VRAIMENT EXEMPLAIRE ?

# Chapitre 6

## Le charme discret du tour extérieur

Dévoyé sous François Mitterrand, l'évolution du tour extérieur vers une politisation accrue a permis à de nouveaux venus d'atterrir au Palais-Royal sans la moindre formation juridique ou expérience des tribunaux administratifs. Les 323 membres aujourd'hui du Conseil d'État ne sont pas tous sortis dans la « botte ».

Ce recrutement monarchique permet de repêcher les recalés, de récupérer des compétences très utiles, mais aussi d'offrir sur un plateau une belle situation aux amis du prince qui ont quelquefois perdu la leur. Pour devenir ainsi maître des requêtes d'un coup de baguette magique, il faut avoir 30 ans (dont dix passés dans la fonction publique), mais quinze de plus pour être parachuté conseiller d'État sans la moindre condition. Ce privilège régalien récompense ou console les « amis » du Président et du parti majoritaire. Ou encore, ce sont des avocats que les joies du barreau n'amusent plus ou des médecins que la vue d'un malade plonge dans un état dépressif. Ils ne sont pas toujours d'une grande utilité, d'autant plus qu'il leur faut des années pour devenir opérationnels en tant que juges. Il faut noter qu'un tiers des conseillers d'État sont issus de ce recrutement.

Ces hauts fonctionnaires quittent le plus souvent le Conseil ou se font mettre en disponibilité ou en détachement avant de revenir gêner la vie de leurs collègues ou de démissionner. Absolument débordés, ils y ont gagné une carte de visite supplémentaire. Les tâches qu'ils ne peuvent ou ne veulent pas exécuter retombent sur leurs collègues, qui se trouvent écrasés sous une avalanche de dossiers de plus en plus nombreux, que ce soit comme juges ou conseillers du gouvernement. Ambiance...

### *Les figures emblématiques*

La liste est longue de ceux dont, à tort ou à raison, les nominations ont défrayé la chronique, de Régis Debray à Paule Dayan, de Jean-François Mattéi à Jeannette Bougrab, en passant par les chiraquiennes Isabelle Lemesle, ex-présidente des Monuments de Paris, et Christine Albanel, plume de l'ancien président Chirac, ou encore de Camille Pascal, notamment chargé des discours du président Sarkozy.

Parmi ces nominations, certaines sont plus symboliques que d'autres. Erik Orsenna, écrivain et ancien conseiller culturel de François Mitterrand à l'Élysée, nommé maître des requêtes en décembre 1985, s'est ainsi relativement vite intégré à cette institution qui ne recherche pourtant pas le changement. Élu à l'Académie française en 1998, il a publié de nombreux ouvrages dont *L'Exposition coloniale*, qui a décroché le Goncourt en 1988, et *Le Conseil d'État. Juger, conseiller, servir*[1].

En 2000, après avoir été choisi pour devenir commissaire du gouvernement, il était élevé au grade de conseiller d'État. Mis en disponibilité, il a pris sa retraite de l'institution du Palais-Royal, le 3 juillet 2009. Ce type de mise en disponibilité de neuf ans est tout à fait légal, puisqu'un décret précise qu'elle ne peut pas dépasser dix ans.

### *Régis Debray : quatre arrêts en trois ans*

Durant ses fonctions de maître des requêtes au Conseil d'État de 1985 à 1988, Régis Debray s'est tenu plus à distance – euphémisme ! – de la grande maison. Il a publié un seul ouvrage : *Comète, ma comète*[2]. Le jour de sa nomination au Palais-Royal, il avait quitté son poste à l'Élysée de chargé de mission aux relations internationales et de secrétaire général du Conseil du Pacifique Sud. Militant ayant croisé la route de Che Guevara, écrivain et universitaire, Régis Debray a essayé de remplir sa fonction de rapporteur à la section du contentieux.

Au début de chaque audience des dix sous-sections (ancien nom désignant les chambres) du contentieux, le rapporteur rappelle l'affaire, la jurisprudence en la matière et les grandes dates de l'instruction du dossier. Ce travail relativement

1. Gallimard, 1999, sous son vrai nom d'Erik Arnoult.
2. Gallimard, 1986.

ingrat revient en priorité aux nouveaux maîtres des requêtes et conseillers d'État issus du tour extérieur, qui ne connaissent pas grand-chose au droit administratif. Ils sont censés s'y faire les dents... Une fonction que Régis Debray qualifia de « tâche manuelle estimable, mais d'un intérêt intellectuel limité » dans la lettre qu'il a envoyée au vice-président du Conseil d'État, Marceau Long, pour lui signifier, en 1992, sa démission. Il ne supportait pas de « sacrifier ses convictions à son confort », c'est-à-dire de « voir rendus des arrêts parfois contraires à ce que l'on pense ».

De 1985 à 1988, le maître des requêtes Régis Debray a participé, d'après le site Juricaf[1], comme rapporteur à quatre arrêts rendus par la section du contentieux, trois le 16 octobre 1987 et un le 3 juillet précédent. De 1988 à 1992, l'ancien conseiller du président Mitterrand avait demandé fort honnêtement à être placé en disponibilité pour convenances personnelles. N'ayant ensuite plus donné signe de vie, considéré comme démissionnaire, il a été radié définitivement des cadres du Conseil d'État, le 7 juin 1993.

---

1. Tous les chiffres de présence sont publiés et consultables sur le site Juricaf.

Pour pondérer ces résultats bruts, il faut savoir qu'un rapporteur au contentieux assiste à une ou plusieurs séances d'instruction à huis clos avant que le jugement de l'affaire soit rendu public. En principe, pour les dossiers classiques (jugés en chambre simple ou en chambres réunies), il y a une ou deux séances d'instruction.

## *Le bal des cancres*

François Mitterrand a inventé le tour extérieur héréditaire au Conseil d'État, où il a nommé quatorze de ses proches. Ministre de la Justice en 1956, il y a fait entrer son collaborateur et ami Georges Dayan comme maître des requêtes. « C'est la fille de mon meilleur ami, je vous demande de le comprendre », c'est ainsi que le président s'adresse, en 1995, à Édouard Balladur pour lui recommander de nommer Paule Dayan au Conseil d'État, comme l'ancien Premier ministre le raconte dans son livre *Le pouvoir ne se partage pas. Conversations avec François Mitterrand*[1]. Malgré l'avis défavorable donné à cette nomination par le vice-président du Conseil d'État, Marceau Long, cette ancienne chargée de mission sur les problèmes de justice à la présidence de la République et secrétaire générale du CSM (Conseil supérieur de la magistrature) est nommée conseillère d'État, le 7 avril 1995.

Comme Régis Debray, elle a exercé les fonctions de rapporteure à la section du contentieux avant de prendre sa retraite, en 2008, à l'âge de soixante-cinq ans. Sur la période du 30 juillet 2003 au 18 décembre 2008, soit durant soixante-six mois, elle a été rapporteure pour 64 arrêts rendus par la section du contentieux. Elle a donc participé à la production d'un peu moins d'un arrêt ou

1. Fayard, 2009.

document par mois. Un proche de Michel Rocard, le conseiller en communication Pierre Zémor, lui aussi issu du tour extérieur, a dû également se familiariser avec la jurisprudence de l'institution. Nommé conseiller d'État le 29 juin 1988, ce diplômé de Sciences Po et ingénieur de l'École spéciale des travaux publics a été rapporteur pour 20 arrêts publiés entre juillet 1989 et juillet 1995 ; soit une moyenne de 3,3 arrêts par an. Mais l'activité de ce conseiller d'État (aujourd'hui honoraire) ne se limitait pas au seul registre contentieux.

Contacté, l'intéressé a contesté ce calcul : « Vos chiffres sont fantaisistes eu égard à la masse d'arrêts dont j'ai été rapporteur et membre de formations de jugement entre septembre 1988 et mars 2006. » Même si c'est tardivement (deux mois après la première demande), la directrice de la communication du Conseil d'État[1] a réagi en se concentrant justement parmi les questions posées au vice-président sur celle-ci (la plus sensible ?) :

« Vous avez interrogé plusieurs membres du Conseil d'État sur le nombre des arrêts rendus à leur rapport. Je souhaite attirer votre attention sur le fait que les bases de données juridiques en ligne ne contiennent qu'une partie des décisions rendues par le Conseil d'État statuant au contentieux. (...) Ceci s'explique par le fait que, indépendamment de la charge de travail qu'elles représentent, les décisions ne comportant pas d'intérêt jurisprudentiel ne sont pas publiées dans ces bases de données.

1. Valérie Renauld, par mail du 20 décembre 2019.

En outre, l'alimentation des bases de données [s'est faite] progressivement. »

*Le club des bons vivants*

Ancienne professeure de français et plume de Jacques Chirac à la mairie de Paris puis à Matignon et à l'Élysée, Christine Albanel représente de façon flamboyante la catégorie des parachutés du Président. Conseillère à l'éducation et à la culture jusqu'en 2000, elle a été nommée par Jacques Chirac la même année conseillère d'État alors qu'elle était encore conseillère régionale UMP en Île-de-France et responsable nationale au RPR.

Le résultat : de décembre 2000 à juillet 2003, Christine Albanel a assuré ses fonctions de rapporteure pour 63 arrêts publiés, soit une moyenne de deux arrêts par mois en un peu plus de deux ans et demi, avant que Jacques Chirac ne la nomme présidente du château de Versailles le 7 juillet 2003. Dès lors, Christine Albanel a enchaîné les postes, en détachement comme ministre de la Culture de 2007 à 2009, en 2010 à France Telecom, puis en disponibilité comme directrice exécutive chez Orange. En avril 2019, elle a démissionné de la fonction publique sans être jamais retournée travailler au Palais-Royal depuis février 2003.

La conseillère d'État issue elle aussi du tour extérieur Jeannette Bougrab, quarante-six ans, a multiplié également les activités et les revenus. Fille d'un harki ouvrier métallurgiste, cette spécialiste de droit public a fait de brillantes études à Orléans, puis à la Sorbonne et à Sciences Po. Elle a été nommée maître des requêtes au Conseil d'État le 28 septembre 2007 par le président Sarkozy. Du 7 avril 2008 au 14 avril 2010, elle a assuré ses fonctions de rapporteure au service du contentieux dans 44 arrêts. Sur une période de deux ans pile, cela représente un peu plus de 22 arrêts par an et un peu moins de 2 par mois.

Ce rythme de sénateur s'expliquait sans doute par les multiples responsabilités qu'elle avait acceptées. Cette jeune femme énergique fut ensuite nommée, le 14 novembre 2010, secrétaire d'État, chargée de la Jeunesse et de la Vie associative. Elle a quitté ce poste en mai 2012, à l'arrivée de la gauche au pouvoir mais n'avait pas du tout envie de retrouver les cadences infernales du Conseil. Le 16 novembre 2012, elle y retournait mais pour demander aussitôt sa mise en disponibilité. Le 19 décembre suivant, elle prêtait serment aux côtés de Claude Guéant, l'ancien secrétaire général de l'Élysée, pour devenir avocate et entrer comme collaboratrice dans la succursale parisienne du gros cabinet américain Mayer Brown. Elle y a dirigé pendant un an et demi une équipe chargée de « conseiller les entreprises face aux nouvelles contraintes juridiques liées à la lutte anticorruption ». En avril 2014, elle abandonnait la profession d'avocate. Courant 2013, la maître des requêtes avait rejoint en tant que chroniqueuse *Le Grand Journal* de Canal+. Elle sera réintégrée, à sa demande, au Conseil, le 11 juillet 2014.

Durant un an, jusqu'au 7 août 2015, date de sa mise en détachement pour diriger le service culturel de l'ambassade de France en Finlande, elle n'a repris ses fonctions de rapporteure au service du contentieux qu'une seule fois, le 17 juin 2015. Elle a quitté la Finlande en juillet 2018 pour revenir travailler au Conseil d'État, mais dans une section consultative.

Autre figure médiatique très parisienne, l'avocat Arno Klarsfeld, cinquante ans, a été nommé conseiller d'État au tour extérieur, lors du Conseil des ministres du 27 octobre 2010. Très discret à propos de ses occupations dans cette institution, ce proche du président Sarkozy y a exercé ses fonctions de rapporteur à la section du contentieux de février 2011 à octobre 2019 pour le moment. Arno Klarsfeld a été un temps président de l'Ofii (Office français de l'immigration et de l'intégration) de 2011 à 2012. Pendant ces neuf années, il a participé en tant que rapporteur à 117 arrêts rendus. Ce qui correspond à plus de 13 arrêts par an, soit un peu plus de 1 par mois. Peut mieux faire !

Ancien conseiller et plume du président Sarkozy, Camille Pascal, quarante-neuf ans, s'est révélé plus assidu qu'Arno Klarsfeld. Il a été nommé conseiller d'État au tour extérieur, le 3 mai 2012, quelques jours avant la victoire de François Hollande à la présidentielle. Historien, universitaire, ancien secrétaire général et directeur de la communication de France Télévisions, il a participé comme rapporteur à 109 arrêts rendus par la section du contentieux du Conseil d'État entre le 11 octobre 2012 et le 30 janvier 2017. Ce qui représente une moyenne de plus de 1,18 par mois pour cet écrivain. Un haut fonctionnaire débordé qui trouve le temps de collaborer à l'hebdomadaire *Valeurs actuelles* comme chroniqueur, et d'écrire des essais. Auteur de six ouvrages collectifs de vulgarisation dans les années 1990, celui-ci s'est lancé en littérature. Il a ainsi publié en 2012 *Scènes de la vie quotidienne à l'Élysée* et, en 2015, *Les Derniers Mondains*[1]. Aujourd'hui, Camille Pascal travaille toujours au Conseil d'État, mais à la section du rapport et des études, bien connue des auteurs prolixes.

---

1. Les deux publiés chez Plon.

# Chapitre 7

## Le Conseil voudrait bien se débarrasser du social

Pour la première fois, en 2013, les requêtes en matière d'aide sociale sont devenues le contentieux le plus important au Palais-Royal, juste derrière celui du droit des étrangers. Les recours spécifiques et répétitifs de l'aide sociale n'ont rien à voir avec la sophistication du contentieux administratif traditionnel, beaucoup plus intéressant à examiner pour des juristes. En un mot, les contentieux sociaux et toutes leurs implications politiques ennuient profondément les sages du Palais-Royal.

Ces derniers avaient quelques excuses. Ces contentieux étaient répartis entre une kyrielle de juridictions d'exception dites spécialisées. Pour compliquer encore cette usine à gaz, certaines de ces juridictions relevaient des tribunaux judiciaires, d'autres de la justice administrative. Un vrai cauchemar. Les sages du Palais-Royal étaient ainsi coincés bien malgré eux au cœur de ce système coûteux et généreux, qui suscite de nombreuses critiques, notamment celle d'encourager nombre de ses bénéficiaires à l'inactivité par l'assistanat.

Le 12 juin 2018, Emmanuel Macron s'était ainsi interrogé un peu brutalement sur l'efficacité des aides sociales en déclarant dans une vidéo diffusée par l'Élysée : « L'État met un pognon de dingue dans les minima sociaux et les gens ne s'en sortent pas... Il faut responsabiliser les gens pour qu'ils se sortent de la pauvreté. » De telles déclarations spectaculaires n'aident pas à la compréhension de l'effrayante complexité de la protection sociale dans notre pays.

C'est une usine à gaz qui vient tout juste de s'aggraver au détriment des Français les plus pauvres. Sous les gouvernements Valls et Philippe, la loi du 18 novembre 2016 sur la modernisation de la justice du XXIe siècle, puis le décret appelé joliment Jade (pour « Justice administrative de demain ») et plusieurs ordonnances d'application ont profondément réformé ce contentieux. Ces textes ont supprimé les juridictions spécialisées, qui en étaient chargées, et les ont remplacées par les tribunaux administratifs ou judiciaires.

Tout – ou presque ! – est, depuis le 1er janvier 2019, de la compétence des juridictions administratives et en cassation du Conseil d'État. Mais, pour ne rien arranger, une petite partie de ces aides (notamment les affaires liées à la Sécurité sociale) sont du ressort des tribunaux judiciaires. Cette réforme vise officiellement à assurer une justice digne de ce nom aux bénéficiaires de ces vrais droits, comme l'a écrit le Conseil d'État dans plusieurs rapports. Mais il y a loin de la coupe aux lèvres...

## *Dix milliards d'euros gagnés par l'État*

Selon les statistiques officielles, les aides sociales représentaient en 2007 la bagatelle annuelle de 43 milliards d'euros[1]. Par ailleurs, de 10 à 15 milliards d'euros ne sont pas réclamés chaque année par des bénéficiaires potentiels des prestations sociales auxquelles ils ont droit sans le savoir[2]. À lui seul, le RSA représenterait environ la moitié de cette somme, et la fraude serait de l'ordre de 355 millions d'euros par an[3]. On parle beaucoup plus des fraudeurs que des vrais ayants droit à ces aides sociales mais qui n'en bénéficient pas...

En fait, les Français les plus faibles et les plus démunis, ne recevant pas ce à quoi ils peuvent prétendre, forment les bataillons de ce que l'on appelle les « non-recours ». Il existe quatre raisons principales de « non-recours » pour un justiciable : absence de proposition de la part de l'administration, ignorance, absence de demande ou défaut

1. Guillaume Duval, « Les aides sociales sur la sellette », *Affaires économiques*, n° 381, 1er juillet 2018.

2. Selon les études aux conclusions chiffrées différentes de l'Odenore (Observatoire des non-recours aux droits et services), de l'association ATD Quart-Monde et de l'Inspection générale des finances.

3. Rapport du député Dominique Tian (LR) sur la lutte contre la fraude sociale, 29 juin 2011.

d'envoi ou de réception des documents. Ces réclamations en puissance constituent une belle épée de Damoclès suspendue au-dessus du budget de l'État.

Inventée par deux conseillers d'État, la protection sociale constitue l'ensemble des mécanismes sociaux financés en grande partie par l'État (mais aussi par les cotisations sociales) qui permettent aux individus de faire face aux risques : vieillesse, maladie, invalidité, chômage, charges de famille et pauvreté. En dehors de Pierre Laroque[1] (créateur de la Sécurité sociale) et de quelques autres, dont notamment Léon Blum, Alexandre Parodi et Christian Vigouroux, les sages du Palais-Royal ne se sont jamais enthousiasmés pour la protection sociale. Une fois la période des Trente Glorieuses terminée, le modèle social français était contesté sous l'influence du néo-libéralisme.

Il faut dire qu'au contentieux, le Conseil d'État, à la différence de la Cour de cassation et de sa chambre sociale, n'a eu pendant longtemps à connaître qu'un nombre limité d'aspects de la protection sociale. Il était surtout compétent en matière de droit du travail (autorisation de licenciement de représentants syndicaux), et de Sécurité sociale des handicapés.

1. Voir chapitre 19.

## *Le maquis des lois*

Retranchés dans leur thébaïde du Palais-Royal, les membres du Conseil ont vu avec une certaine inquiétude leurs compétences en cassation et celles de leurs juridictions subordonnées augmenter méthodiquement avec le vote de lois à partir des années 1990.

En fait, la demande accrue de justice en matière sociale, le droit européen, l'ouverture par le législateur de nouveaux droits et des textes de loi ficelés à la hâte ont peu à peu constitué ce que la ministre de la Santé, Agnès Buzyn, appelle de façon curieusement floue « un maquis injuste et illisible des aides sociales[1] ». Autant de bombes à retardement pour les juges. Plus ou moins rapidement, elles ont explosé, entraînant des contentieux de masse.

Entendu le 30 octobre 2012 par la commission des lois du Sénat, le vice-président Jean-Marc Sauvé ne cachait pas ses inquiétudes : « On peut donc craindre, dans les années à venir, une dégradation des délais de jugement. La situation est tendue. » Le vice-président indiquait déjà la marche à suivre : « La collégialité est-elle toujours nécessaire ? L'appel est-il utile dès lors qu'existe une procédure de cassation directe devant le Conseil d'État ? [...] Un nouvel état des lieux est en cours de finalisation, avec une série d'ajustements pour en tirer les enseignements. Nous pourrons revenir

1. Déclaration, le 6 juin 2018 sur RTL.

à la collégialité pour certains contentieux, ou faire progresser le recours au juge unique quand c'est nécessaire. »

À l'époque, le vice-président Sauvé venait alors de libérer le Palais-Royal d'un terrible fardeau : la lenteur pathologique des décisions des juridictions administratives qui ruinait leur réputation. Depuis 2011, ce boulet s'est fait plus léger. Le délai moyen de jugement d'une affaire s'élève dorénavant à moins d'un an contre trois au début des années 2000. Ce même délai était encore supérieur à une année dans onze tribunaux administratifs et deux cours administratives d'appel.

Le contentieux social ne devrait pas servir de variable d'ajustement au fonctionnement de la justice administrative. Mais le Conseil d'État, qui est consulté sur la plupart des projets de lois, est mal placé pour se plaindre de la prolifération des contentieux !

# Chapitre 8

## Des « comptes » à dormir debout...

Malgré les rapporteurs tire-au-flanc et l'explosion des requêtes, les chiffres retraçant les performances du Conseil d'État restent toujours bons, sinon excellents quand ils n'augmentent pas. Les délais de jugement ne cessent de baisser, le nombre d'arrêts rendus par chaque membre du Conseil d'augmenter... Un vrai miracle depuis une dizaine d'années ! Les commentaires élogieux, chiffres à l'appui, paraissent être un des exercices préférés des vice-présidents successifs de l'institution. Encore faut-il que cet exercice soit basé sur des chiffres sincères et honnêtes.

Entre le droit administratif créé par la haute juridiction et la comptabilité ou les statistiques retraçant son activité juridictionnelle n'existent que des rapports très incertains ou même carrément bizarres... Et cela, malgré les efforts méritoires que font en sens contraire les lois de finances. Elles font appel à des ratios (ou indicateurs de performance) entre le nombre de personnes en service au Palais-Royal et dans d'autres juridictions administratives d'une part, et la production de cette haute juridiction d'autre part.

*Les mystères de la statistique...*

Chaque juge doit montrer son efficacité en faisant sa statistique, c'est-à-dire sa participation à un certain nombre de jugements en moyenne par an ou par trimestre[1]. À cette fin, une statistique prévisionnelle est établie par les services du Conseil d'État. De quoi permettre à l'ensemble de ces membres de l'institution de juger environ 10 000 affaires chaque année. Celui qui ne réalise pas cette statistique voit sa bonne réputation entamée, et une partie de ses primes supprimée.

Ces chiffres, nous les connaissons grâce aux documents budgétaires de Bercy, les rapports annuels d'activité du Conseil d'État n'en soufflant mot. La confrontation de ces deux sources ne manque pas d'être troublante.

La notion de statistique liée au travail de chaque juge renferme au Conseil d'État un sens particulier et mystérieux. Nous avons refait tous les comptes et ça ne colle pas... Suffirait-il de quelques brochettes de tire-au-flanc pour désorganiser la machine ? Faut-il incriminer la pratique du tour extérieur ? Quoi qu'il en soit, ces comparaisons restent préoccupantes.

1. Projet de loi fiscale de 2004 à 2020, « Conseil et contrôle de l'État ».

Tous les chiffres publiés par Bercy visent à respecter la loi organique relative aux lois de finances (la LOLF), promulguée le 1er août 2001, et qui s'appliquent désormais au Conseil d'État. Cette loi a introduit une logique budgétaire de performance (et non plus de moyens) et de transparence devant le Parlement[1].

Ce budget prévisionnel dévoile, entre autres, deux indicateurs principaux de performance calculés par l'institution depuis le début des années 2000 : la réduction des délais de jugement et l'amélioration de l'efficacité des membres des 51 juridictions administratives. Entre 2006 et 2018, ces deux indicateurs ont fait carton plein. Les délais moyens de jugement sont passés de deux ans et plus au maximum à moins d'un an. Le nombre d'affaires réglées par chaque membre du Conseil, lui, a augmenté de 15 points en moyenne, grimpant de 69 à 85 pour un effectif stable de la fonction juridictionnelle (entre 122 et 124). Mais ces résultats ont commencé à s'améliorer brusquement à partir de 2009. Hasard ? Les fameuses ordonnances de tri ont été mises en place en 2006.

---

1. En annexe de la loi de finances et sous l'autorité directe du Premier ministre, Bercy publie le programme budgétaire 165, « Conseil d'État et autres juridictions administratives », qui présente une stratégie du projet annuel de performance établi par les services du Palais-Royal.

### *Un membre du Conseil juge 3 affaires par mois*

La méthode de calcul de ce deuxième indicateur de performance laisse à désirer, même si elle reste bien protégée de l'éventuelle curiosité du justiciable derrière une cascade de chiffres. En effet, la confrontation entre les rapports publics annuels d'activité du Conseil et les indicateurs de performance du budget révèle les incohérences de cet indicateur calculé, comme il est mentionné, du point de vue du contribuable. Prenons l'exemple de l'année d'activité 2018.

Première erreur. Chacun des 124 juges a réglé 85 affaires (nombre donné par le rapport budgétaire) sur un total de 9 583 en données nettes (nombre fourni par le rapport du Conseil pour 2018). Problème : 9 583 divisé par 124 = 77 affaires et non pas 85.

Deuxième erreur. Les décisions juridictionnelles rendues en formation collégiale par ces 124 juges du Palais-Royal ne totalisent que 4 946 affaires sur les 9 583 au total de l'année. La différence (4 637) correspond à des ordonnances signées par 12 présidents ; celui de la section du contentieux, des 10 présidents de chambre du contentieux et celui de la chambre de la Sûreté de l'État.

Si l'on retire ces 4 637 ordonnances, chacun des juges du Conseil a réglé, en 2018, non pas 85 affaires, soit 7 par mois, mais 39,5, soit 3,29 par mois ! Ce faible nombre s'explique. Les 12 présidents signataires des ordonnances supervisent le travail des greffiers et des personnels dits d'aide à la décision. Pas d'autres juges...

Ces assistants de justice (titulaires d'un diplôme sanctionnant quatre ans d'études de droit) et juristes assistants (diplômés d'un doctorat en droit) sont nommés pour une période respectivement de deux ans et de trois ans, renouvelable deux fois. Le nombre exact de ces contractuels n'est pas public, puisqu'il ne figure pas clairement dans le budget de l'institution. Ces petites mains ou soutiers du Conseil d'État ne rêvent que d'une chose : en devenir membres à part entière... Ce sont eux qui rédigent la quasi-totalité des ordonnances du Conseil et en déchargent d'autant les juges et membres de l'institution. Parmi ces 4 637 ordonnances, près de 3 000 d'entre elles sont des ordonnances de tri rejetant définitivement des requêtes réputées mal fondées, qui donc ne peuvent pas être jugées.

### *Satisfaction en moyenne de 16 % des pourvois*

Bien sûr, l'institution donne une image officielle tout autre, plutôt rassurante.

Prenons l'exemple de l'année 2018 qui a vu le Conseil d'État enregistrer un total de 10 083 requêtes, dont 11,3 % concernaient le contentieux de l'excès de pouvoir. Celui-ci permet à des Français d'obtenir l'annulation de décisions prises par les plus hautes autorités de l'État, mais pas l'annulation de décisions qui découlent de la loi. C'est-à-dire que peuvent être contestées des ordonnances du président de la République, des décrets, des actes réglementaires des ministres et des décisions de différentes autorités administratives ou collectivités territoriales.

Ces actes ont été annulés à hauteur de 15,8 %. Originalité de cette procédure, elle ne requiert pas l'obligation de prendre un avocat. Ce qui peut laisser croire que le commun des mortels peut attaquer un décret ministériel sans l'aide d'un avocat ou d'un conseiller juridique.

La haute juridiction est également juridiction d'appel (314 affaires seulement en 2018) en annulation des décisions des tribunaux administratifs concernant les élections communales et des conseils généraux.

La deuxième activité, et fonction aujourd'hui centrale du Conseil d'État, est la cassation avec 6 494 pourvois en 2018, soit 67,9 % des affaires enregistrées. Ces procédures provenaient, pour moitié environ, des cours administratives d'appel, pour 30 % des tribunaux administratifs (notamment des référés) et pour 15 % de la CNDA (Cour nationale du droit d'asile). Les jugements de ces juridictions ont été annulés en moyenne à hauteur de 16,8 % par les sages du Palais-Royal. Une proportion que le Conseil essaye de faire baisser pour montrer son efficacité.

En fait, la haute juridiction est bien devenue une justice qui répugne à juger. Une cour suprême administrative, où certains juges se contentent souvent de contresigner les travaux de leurs petites mains et de rejeter d'emblée près de 30 % des requêtes de manière discrétionnaire. La route à suivre pour dissuader ou éloigner le justiciable est connue : sur 7 500 requêtes reçues en moyenne chaque année, la Cour suprême américaine n'en accepte qu'une centaine, sans avoir à se justifier. La plupart des cours suprêmes administratives européennes ont également mis en place des systèmes de filtrage des requêtes plus ou moins discrétionnaires.

## *Des petites mains « fantômes »*

Si l'on peut dire que les comptes du Conseil d'État sont complexes, ce n'est sans doute pas un hasard. Et ils sont peut-être faits pour ça...

Dans le reste de la fonction publique, chaque chef de service évalue déjà difficilement le temps de travail de ses subordonnés par rapport à un plafond d'emplois. Au Palais-Royal, cela relève de la mission impossible pour trois raisons. La première : comment peut-on connaître le temps de travail accordé par chaque membre du Conseil à ses deux fonctions différentes, juge et conseiller du gouvernement ? Son temps de travail est très évolutif par sa nature même. Deuxième raison : chaque année, 50 à 60 membres sont soit réintégrés place du Palais-Royal au terme de leur détachement ou disponibilité, soit partent travailler à l'extérieur. Et la troisième raison : plus d'une trentaine de salariés exercent au Conseil d'État des activités identiques à celles de ses membres. Plus étonnant encore : une dizaine d'autres sont comptabilisés parmi les 227 membres en exercice au Palais-Royal, alors qu'ils sont mis à disposition de cabinets ministériels, de la cour de justice européenne et du Parlement !

Ces vrais-faux membres du Conseil sont-ils réellement pris en compte dans le calcul des agents – les équivalents à temps plein ou ETPT – pour établir le nombre moyen de jugements rendus par chaque pensionnaire du Palais-Royal ? À la lecture des documents officiels de la haute juridiction, il semble que non. Cette question est pourtant essentielle : moins il y a de juges comptabilisés pour régler des affaires, plus la moyenne de jugements rendus par chaque juge est élevée et plus les membres du Conseil semblent être efficaces...

Le premier contingent de ces travailleurs de l'ombre rassemble une douzaine de conseillers d'État, qui sont dits en service extraordinaire (un système mis en place par Louis XVIII en 1817), affectés uniquement dans les cinq sections consultatives de conseil au gouvernement. Nommées par le gouvernement pour cinq années non renouvelables, certaines de ces personnalités (dont des préfets et des diplomates en majorité, avec de temps à autre un général, un amiral, un leader syndicaliste ou encore un conseiller à la Cour de cassation) ont ainsi obtenu un prestigieux bâton de maréchal en fin de carrière. D'autres conseillers d'État dits en service extraordinaire, nommés après avoir été remerciés de leur poste à la tête d'une administration, ont bénéficié d'une compensation prestigieuse, à l'exemple de l'ancien préfet de police de Paris, Michel Delpuech, limogé en mars 2019 à la suite des manifestations des Gilets jaunes. La plupart n'ont que des connaissances juridiques très succinctes...

En dehors de cette poignée de conseillers d'État en service extraordinaire, un peu plus d'une vingtaine d'autres, des maîtres des requêtes en service extraordinaire, sont également, depuis 2012, des membres du Conseil d'État sans l'être. Ces renforts ont été mis en place de manière évidente pour essayer de faire face à la montée des contentieux de masse et à celle des textes gouvernementaux à examiner et à corriger... Nommés par le vice-président, ces maîtres des requêtes de l'ombre sont tous des fonctionnaires en mobilité. Ils n'exercent plus provisoirement leurs activités dans leur administration d'origine, étant alors placés en détachement au Conseil pour quatre années non renouvelables. La grande majorité d'entre eux sont des magistrats de l'ordre judiciaire, des professeurs de droit public, ainsi que des administrateurs civils, du Sénat ou de l'Assemblée nationale. Tous possèdent d'excellentes connaissances en matière juridique et sont de bons techniciens de la chose publique.

### *Des maîtres des requêtes de l'ombre...*

Le vice-président du Conseil d'État sélectionne les candidats et nomme les heureux élus. Ces maîtres des requêtes en service extraordinaire sont donc rapidement opérationnels. Et une belle perspective, qui ne se concrétise que rarement, les pousse à travailler ! En effet, un seul d'entre eux est choisi, pas chaque année mais de temps à autre, pour devenir un vrai maître des requêtes en titre, au tour extérieur fonctionnaire. L'heureux élu doit avoir dix ans d'ancienneté dans la fonction publique et être âgé de plus de trente ans. Ces maîtres des requêtes renforcent donc les effectifs du Palais-Royal et font, pour partie, discrètement le job en lieu et place de certains...

Officiellement, 124 personnes recensées comme membres du Conseil d'État participent aujourd'hui aux jugements de la section du contentieux (ils étaient 122 en 2004) et 71 fonctionnaires également membres de l'institution sont affectés à cinq sections administratives. Un peu plus d'une vingtaine de maîtres des requêtes, en service extraordinaire, travaillent à temps partiel à leurs côtés, comme juges administratifs ou conseillers du gouvernement. Sont-ils comptés ou non dans les 124 et 71 ? Mystère.

À ces 71 membres officiels des sections administratives s'ajoutent (ou pas) la trentaine de conseillers et de maîtres des requêtes en service extraordinaire. On peine à savoir le rôle qu'a joué dans cette explosion de la fonction de conseil du gouvernement la création en 2008 de la nouvelle section dite de l'administration.

Une chose est sûre : le calcul budgétaire des six actions ou fonctions, auxquelles les membres du Conseil participent, se fait en ETPT. Le caractère complexe de ces calculs présente une particularité : ce mode de gestion permet de déshabiller Pierre pour habiller Jacques...

Même si les chiffres sont pour le moins obscurs – volontairement ? –, ils révèlent que le Conseil d'État a sacrifié sa fonction de jugement, donc les justiciables, au bénéfice de son activité de conseil du gouvernement. La raison : la haute hiérarchie du Conseil semble persuadée qu'elle a mis en place suffisamment de barrières pour pouvoir faire face à l'irrésistible montée des contentieux.

Cette haute institution semble décidément réticente à mettre les Français qui font appel à elle au cœur de son action. Archaïsme ? Nostalgie ? Élitisme ?

# Chapitre 9

## Les migrants : un temps pour l'audace…

Plus encore que les contentieux sociaux, celui des étrangers est un véritable tonneau des Danaïdes depuis plus de trente ans pour les juridictions administratives.

En 2018, les requêtes enregistrées de la part d'étrangers ont représenté 37,5 % de celles des tribunaux administratifs, 49,4 % de celles des cours administratives d'appel et 20,6 % de celles du Conseil d'État[1]. Malgré leurs chances très minces d'aboutir, les recours des étrangers en matière de séjour, de visas, de reconduite à la frontière et de droit d'asile ne cessent d'augmenter. En fait, ces demandeurs se heurtent à une législation et à une jurisprudence de plus en plus dures.

Historiquement, la juridiction administrative n'a pu exercer, jusqu'au milieu des années 1970, qu'un contrôle juridictionnel limité des textes relatifs à l'immigration. Les recours déposés par des associations comme le Gisti (Groupe d'information et de soutien des immigrés) et des

1. Voir rapport public 2019 du Conseil d'État.

condamnations de la France par la Cour européenne des droits de l'homme ont obligé peu à peu les tribunaux administratifs et le Conseil d'État à s'y intéresser.

Pour bien comprendre le phénomène, le mieux est de laisser la parole à l'un des principaux ténors du Palais-Royal, Bruno Genevois, conseiller d'État honoraire, âgé aujourd'hui de 76 ans, qui a voué sa vie au Conseil et à l'administration, n'ayant jamais travaillé dans le privé. Président de la section du contentieux de 2004 à 2006, ce passionné du ballon rond était et reste l'un des meilleurs spécialistes du droit public. En matière d'orthographe et de syntaxe, ce fin linguiste jouissait aussi d'un quasi-monopole, se refusant à admettre qu'un texte dont il n'aurait pas lui-même relevé l'incohérence puisse être bancal. Cette personnalité incarne aussi l'image du conseiller d'État désintéressé, un bosseur infatigable qui ne s'épuisait jamais lors des grandes séances marathon de l'assemblée générale. Pas de risque de le voir s'assoupir ou même s'endormir comme certains au beau milieu de l'assemblée, qui se tient toujours dans une grande salle aux murs ornés de peintures signées par de petits maîtres impressionnistes...

Sous la grande verrière de la salle ne diffusant qu'une sombre clarté, reflet de l'opacité de l'institution, le président Bruno Genevois s'y faisait livrer rituellement deux ou trois fois par séance un café à son fauteuil. Il l'accompagnait de petits biscuits survitaminés extraits d'une poche de sa veste, sans pour autant cesser de crayonner à la lumière de sa lampe de bureau les textes en examen ou la documentation fournie par le rapporteur de l'affaire. Dès qu'il prenait la parole, Bruno Genevois citait, sans notes et sans le moindre document, quantité d'arrêts et d'autres décisions connus souvent de lui seul ou encore quelques savants commentaires de doctrine : « J'ai eu la bonne fortune de tomber sur un article rédigé en 1950 ou avant... » On l'aura deviné, il était incollable sur la jurisprudence et notamment celle en matière de droit des étrangers, où il nageait comme un poisson dans l'eau. Ce qui n'était pas le cas de la majorité de ses collègues...

*L'efficacité de l'action du Gisti*

Le 15 décembre 2008, deux ans seulement après avoir quitté la présidence de la section du contentieux, Bruno Genevois participait comme invité à un colloque du Gisti sur le thème « Défendre la cause des étrangers en justice ». L'orateur avait pris tout de même la précaution de préciser qu'il n'était pas mandaté pour parler au nom du Conseil d'État. Mais, l'œil malicieux derrière ses lunettes à monture d'écaille, cet homme toujours tiré à quatre épingles ajoutait aussitôt qu'il s'exprimait tout de même en tant que membre du Conseil d'État sur le thème choisi par lui : « Le Gisti requérant d'habitude ? La vision du Conseil d'État ».

Pour l'ancien président de la section du contentieux, le Gisti a su éviter les travers classiques des requérants d'habitude qui multiplient les requêtes, pas toujours de manière très professionnelle. De fait, un justiciable, association ou personne privée, risque ainsi d'obéir à des motivations plus personnelles que fondées en droit.

À l'inverse, la typologie de l'action du Gisti illustre, selon lui, un combat politique mené face au gouvernement à l'aide de moyens juridiques appropriés. L'exemple du Gisti montre aussi l'efficacité de l'action devant le juge administratif. Selon une statistique établie à ma demande par les services du Conseil d'État, de décembre 1978 à octobre 2008, le Gisti a déposé 99 requêtes, soit 3,3 requêtes par an. Aucune de ces requêtes n'a été rejetée et 50 % d'entre elles ont été satisfaites ; 45 aboutissant à l'annulation totale des textes attaqués pour excès de pouvoir et 5 à une annulation partielle. Un score que de nombreux avocats au Conseil d'État seraient fiers d'avoir obtenu durant ces trente ans[1].

En fait, Bruno Genevois révélait publiquement ce qui était à l'époque, et reste encore aujourd'hui, un secret de polichinelle : une certaine forme de coproduction de fait entre le Gisti et le Conseil d'État, une proximité qui a désormais un peu de plomb dans l'aile… Au début des années 1970, l'association Gisti était née de la rencontre un peu contre nature entre des hauts fonctionnaires (dont un auditeur au Conseil d'État), des juristes, des militants issus de traditions opposées allant de la gauche réformiste à l'extrême gauche et

1. Voir le compte rendu vidéo et papier du colloque du Gisti publié sur le site de cette association.

enfin des travailleurs sociaux en contact régulier avec des populations immigrées. Ce groupe considérait les questions relatives à l'immigration comme une zone de non-droit entièrement soumise au bon vouloir des préfets et du ministre de l'Intérieur. Leur objectif : affirmer une volonté de défendre les grands principes, dont ces jeunes hauts fonctionnaires s'apprêtaient à devenir les représentants, en sortant le Conseil d'État de son profond sommeil en matière de droit des étrangers...

L'annulation le 8 décembre 1978 de deux circulaires représente la plus grande victoire du Gisti. Le ministre de l'Intérieur, Raymond Marcellin, et le ministre de l'Emploi, Joseph Fontanet, avaient promulgué, en 1972, ces deux nouveaux textes pour mieux contrôler l'entrée et le séjour des étrangers en France. Tout comme les précédentes et les suivantes, l'objectif de ces réglementations était clair : faire diminuer drastiquement l'arrivée des travailleurs immigrés et de leurs familles. Un travailleur étranger désirant s'installer en France se voyait accorder un titre de séjour uniquement s'il avait décroché auparavant un contrat de travail dans une entreprise et un logement.

Sur requête du Gisti, le Conseil d'État a annulé, en 1975, les deux circulaires en invoquant une jurisprudence bien connue : « l'existence d'un principe général du droit, le droit de mener une vie familiale normale, dont pouvaient se prévaloir non seulement les nationaux, mais aussi les étrangers résidant régulièrement en France ». Renforcé par une loi de 2015, le principe du regroupement familial est devenu le soutien d'une immigration qui n'est plus simplement liée à l'emploi et au mariage avec un ressortissant français. Le principal défi pour le candidat au regroupement familial est de disposer d'un logement correspondant à des critères particulièrement tatillons que beaucoup de Français ne pourraient pas satisfaire. Ce que vérifie aujourd'hui avec soin le juge administratif.

### *Envahissant et peu attrayant*

Finalement, aujourd'hui, le contentieux des étrangers apparaît aux membres du Conseil comme indésirable, envahissant et peu attrayant, disent-ils, car sans intérêt sur le plan doctrinal, très répétitif et pour finir ennuyeux.

S'agissant du droit d'asile, de nouvelles lois au rythme d'une tous les deux ans ont particulièrement multiplié les obstacles à la reconnaissance de la qualité de réfugié à ceux qu'on considère, à tort ou à raison, comme de simples migrants économiques en majorité et non comme des persécutés, dont la vie est menacée en raison de leurs opinions politiques ou d'autres motifs. En un mot, nombre de juges du Conseil, comme certains de leurs collègues magistrats des tribunaux administratifs ou des cours d'appel administratives, font, là encore, tout ce qu'ils peuvent pour ne pas avoir à trancher.

Ces juges vivent, comme toute une partie de la classe politique, une hantise : ne pas se laisser submerger par la vague des réfugiés du Moyen-Orient et d'Afrique, d'où des jugements de plus en plus rapides, faute de pouvoir diminuer un nombre de requêtes qui augmente sans cesse.

Une justice qui tente de répondre dans l'urgence à la crise migratoire.

### *Un rejet massif*

On ne peut pas accuser les juges du Palais-Royal d'accorder facilement des permis de séjour... Après avoir vu leur demande d'asile rejetée par l'Ofpra (Office français de protection des réfugiés et apatrides), 58 671 étrangers ont contesté, en 2018, ces décisions devant la CNDA (Cour nationale du droit d'asile). Soit un accroissement de près de 10 % par rapport à 2017, année où l'augmentation des requêtes identiques avait été de 34 % par rapport à 2016. Soit un record absolu depuis une quinzaine d'années.

Juge de première et de dernière instance, la CNDA ne peut voir ses décisions contestées qu'en cassation devant le Conseil d'État, où le ministère d'avocat est obligatoire. Le coût prohibitif d'un conseil et une aide juridictionnelle distribuée parcimonieusement se révèlent très dissuasifs.

Le meilleur exemple de l'efficacité des juges du Palais-Royal : sur les 845 pourvois enregistrés en cassation, en 2018, contre des rejets de demande d'asile par la CNDA, 817 ont été déclarés non admissibles ! En outre, sur les 28 pourvois admis, 24 ont abouti à une satisfaction partielle ou totale des requérants (les renvoyant devant la CNDA pour qu'elle statue de nouveau) et 4 ont été rejetés. Le Conseil d'État a donc procédé à un taux d'annulation de l'ordre de 2,8 % (!) des refus de demande d'asile. Toutes affaires confondues, le taux moyen d'invalidation en cassation au Conseil d'État s'échelonne, lui, entre 15 à 17 %.

Pour faire face à l'ensemble de ce contentieux de masse (obligations de quitter le territoire français, reconduites à la frontière et décisions de fixer le pays destination en cas d'expulsion), les sages du Palais-Royal n'ont plus qu'un seul joker à leur disposition. Une autoroute procédurale qui leur permet de rejeter rapidement les recours issus des tribunaux administratifs, des cours administratives d'appel, et de la CNDA : les ordonnances de tri.

### *Une gifle au gouvernement*

Le droit des étrangers donne parfois l'occasion au Conseil de sauver l'honneur de l'institution face aux pouvoirs publics. Ainsi, le 15 février 2018, l'assemblée générale, sur avis de la section de l'intérieur, a rendu, pour la première fois de son histoire, un avis très critique sur un projet de loi sur l'immigration. Une vraie révolution qui a visé le texte « Pour une immigration maîtrisée et un droit d'asile effectif ».

Les conseillers ont écrit noir sur blanc que ce texte était inutile, mais leur légitimisme les a empêchés de donner un avis négatif. L'avis mentionne également que « les effets des précédentes lois en matière d'immigration, de mars 2015 et juillet 2016, n'étaient pas encore mesurables au début de l'année 2018 ». Pourquoi légiférer alors ? Le projet de loi « Asile et immigration » a été adopté, sans problème, le 1er août 2018 par le Parlement.

Parmi les mesures les plus contestées de cette loi, le fait que des enfants mineurs pourront être enfermés quatre-vingt-dix jours. Or, la France a été condamnée à six reprises, depuis janvier 2012, par la Cour européenne des droits de l'homme (CEDH) pour la rétention d'enfants mineurs séparés de leurs parents. Malgré ces condamnations, le Conseil d'État reste impavide, rejetant à chaque fois les requêtes des intéressés, notamment à Mayotte.

Plus étonnant encore : dans un arrêt du 6 février 2018, le juge des référés de la haute juridiction a rejeté toutes les requêtes de l'Association des anciens interprètes afghans de l'armée française. Il faudra sans doute beaucoup de patience aux 776 interprètes afghans (dont seulement un peu plus d'une centaine ont obtenu l'asile), sachant que le même Conseil a mis cinquante-cinq ans à reconnaître que la responsabilité pour faute de l'État devait être engagée pour les conditions de vie indignes réservées aux familles de harkis dans les camps où elles avaient été accueillies en France après l'indépendance de l'Algérie[1].

Dans un arrêt du 3 octobre 2018, la haute juridiction a condamné l'État à verser 15 000 euros à

---

1. Communiqué du Conseil d'État, 3 octobre 2018.

un fils de harki né et ayant vécu dans des camps de transit, au titre des préjudices matériels et moraux subis. Vu la faiblesse de la somme, peut-on parler de réparation ?

# Chapitre 10

## Sous la terrible pression de Bercy

Quelle est justement la jurisprudence sur la responsabilité de l'État ? Alors qu'il faut protéger les deniers de l'État, la reconnaissance de cette responsabilité est-elle possible ? Finalement, à l'exception de la police et des organismes de contrôle de l'État, les bastions de ce qu'on appelle une faute lourde (hôpitaux publics, secours en mer, lutte contre l'incendie, internement d'office…) sont peu à peu tous tombés depuis une cinquantaine d'années, grâce à un revirement total de jurisprudence au bénéfice de la faute dite simple.

### *Incorruptible*

Pour condamner Bercy à payer d'importantes indemnités à une victime d'erreurs de ses agents, les juges ont dû s'armer de courage et se servir d'une affaire exemplaire. L'occasion a fait le larron, le 11 juillet 1984. Ce jour-là, ils ont osé non seulement condamner pour faute lourde les services fiscaux, mais aussi leur infliger, pour la première fois, de payer une indemnité importante (d'un million de francs, soit 302 082 euros 2019) à l'entreprise Siso (Société industrielle de Saint-Ouen). Dix ans tout de même après les faits. Ce qui démontre la maladie dont souffrait alors le contentieux au Palais-Royal, son extrême lenteur...

Les faits ? Assimilant sans la moindre enquête sérieuse l'entreprise à un ferrailleur spécialisé dans l'escroquerie aux fausses factures, les fonctionnaires avaient collé à cette société, le 29 mars 1974, un rappel d'impôt colossal de 164 213 279 francs (soit 145 millions d'euros 2019). Une somme qui représentait plusieurs fois le chiffre d'affaires annuel de la société ! Dans les jours suivants, les services fiscaux avaient bloqué les comptes de l'entreprise, en émettant des ATD (avis à tiers détenteur), avant de pratiquer une saisie-exécution sur tous ses biens. Véritables Pieds nickelés, les agents des impôts n'avaient passé que deux heures dans les locaux de la société avant de lancer leurs ATD !

Mise en liquidation judiciaire suite au redressement qui l'avait asphyxiée financièrement, l'entreprise a disparu définitivement, alors qu'elle exerçait une activité tout à fait rentable de revente de métaux. Quatre ans plus tard, les services fiscaux reconnaissaient enfin leur erreur devant le tribunal administratif de Paris et remboursaient au liquidateur de la société toutes les impositions perçues à tort. Mais le ministre délégué au Budget à l'époque, Maurice Papon, s'est pourvu en cassation devant le Conseil d'État pour contester toute faute lourde dans l'affaire, de manière à échapper au versement d'une indemnité à l'entreprise.

Manque de chance pour Bercy, le commissaire du gouvernement (ancien nom du rapporteur public) dans ce dossier, Olivier Fouquet, était très à cheval sur son indépendance. Encore plus gênant pour les services fiscaux, ce grand jardinier très fier de ses roses n'a jamais craint les dossiers épineux... Trente ans plus tard, ce président honoraire de la section consultative des finances (qu'il a présidée de 2001 à 2011) reste encore scandalisé par l'attitude de Bercy dans ce dossier : « Le projet de condamnation suscita les réticences des membres les plus traditionalistes de la haute assemblée, mais nous fûmes soutenus ardemment par un remarquable président de sous-section [appellation des chambres à l'époque] qui avait une haute idée de la déontologie administrative. La surprise, sinon l'indignation du ministère des Finances, fut à la mesure du caractère inédit de la condamnation. On me fit aimablement savoir que je ruinais l'État et que j'empêchais les services fiscaux de réprimer la fraude fiscale, qui comportait nécessairement des risques d'erreur. Nous devons cependant reconnaître que si le Conseil d'État avait été généreux à l'égard de la société, il avait été pingre à l'égard des dirigeants salariés, pour lesquels il avait estimé, contrairement à nos conclusions, qu'il n'existait pas de lien direct entre la faute de l'administration et les pertes de salaires résultant de la liquidation de la société[1] », un raisonnement particulièrement absurde.

L'attitude de ce conseiller d'État reste exemplaire à plus d'un titre. Discret, il a brisé l'omerta du Conseil sur le consensus officiel imposé après tout délibéré par le règlement interne de la haute juridiction. Il a révélé dans cette affaire les opinions divergentes autour d'un jugement et les pressions d'une administration sur les juges du Palais-Royal. Une révolution !

### *La femme de César ne doit pas être soupçonnée...*

Un autre arrêt a provoqué également une grande émotion au sein des services fiscaux. Le 1er décembre 2008, encore pour la première fois, la haute juridiction a admis l'existence d'un doute sur l'impartialité personnelle (dite subjective, en droit administratif) d'une vérificatrice des impôts face à un contribuable. Pour les juges, ce doute viciait irrémédiablement le contrôle, tout à fait régulier par ailleurs, et a entraîné l'abandon des poursuites fiscales pour plus de 60 000 euros d'arriérés de TVA.

En effet, la vérificatrice des impôts, chargée d'opérer le contrôle, habitait dans un lotissement du département de la Charente, où était installée l'entreprise en question, spécialisée dans la vente et la gestion de biens immobiliers. Dans ce même lotissement fonctionnait sept jours sur sept une

1. « Vers une banalisation de la responsabilité pour faute des services fiscaux », *Études fiscales internationales*, juin 2014.

scierie, dont le patron était le mari de la gérante de l'agence immobilière. Or, le mari de la vérificatrice était, lui, à l'origine d'une pétition lancée contre les nuisances provoquées par la scierie et remise au maire de la commune. En un mot, l'impartialité de la vérificatrice pouvait être mise en doute aux yeux d'un tiers.

L'exigence d'impartialité en droit administratif se rattache aux principes généraux du droit définis de manière régalienne par le Conseil d'État depuis un siècle et demi. Cette jurisprudence fait que le principe de l'impartialité de l'action administrative transcende tous les textes. Qu'ont dit dans leur arrêt les juges du Palais-Royal ? Avant de choisir leur cible, les contrôleurs des impôts doivent s'interroger sur les connaissances qui peuvent les lier à cette cible. Et de poser la question : au nom de quoi les fonctionnaires des impôts pourraient-ils éviter de se livrer à cet examen de conscience ?

On pourrait retourner la question à ces juges… Entre leurs activités de conseillers du gouvernement, de fonctionnaires en détachement pour l'administration et de juges de celle-ci, ont-ils toujours la sagesse de se déporter ? La femme de César ne doit pas être soupçonnée, dans les services fiscaux comme au Palais-Royal. Problème : le Conseil d'État est censé se contrôler lui-même…

## *La faute simple imposée à Bercy*

Les procès pour faute lourde contre les services fiscaux se sont multipliés jusqu'au 12 mars 2014. En ce jour historique, les juges du Conseil d'État ont décidé de faire un revirement total de procédure, abandonnant la notion de faute lourde pour la faute simple avec condamnation de l'État à payer des indemnités à des victimes des services fiscaux. L'affaire avait duré pendant dix-huit ans au total (!) avec plusieurs allers-retours entre les juridictions administratives et la haute juridiction. L'entreprise, la société de gestion Laborde, était spécialisée pour conseiller des contribuables dans des opérations de niches fiscales outre-mer, conformément à la loi. Pour des raisons mystérieuses, les services fiscaux avaient décidé de remettre en cause un régime d'exonération dont bénéficiait cette nouvelle entreprise.

Résultat : en janvier 1996, un commandement de payer un impôt supplémentaire était adressé à la société de gestion, et ses comptes bancaires bloqués. Cinq mois plus tard, l'entreprise exsangue (en grande partie suite à l'action du fisc) était placée en liquidation judiciaire, mais les redressements litigieux n'étaient abandonnés qu'en 2000, suite à l'intervention du juge administratif. Au total, l'État a été condamné à verser des indemnités de 609 796 euros au liquidateur de la société, de 80 000 euros au père (âgé de 68 ans à l'époque), actionnaire fondateur de la société, et de 186 157 euros à son fils, directeur général de l'entreprise. Soit un total de près de 900 000 euros. De plus, l'administration a dû payer l'avocat du père à hauteur de 5 000 euros et celui du fils de 3 000 euros, ce qui bien sûr ne représentait qu'une partie des frais de la défense.

Ces chiffres apparaissent peut-être modestes mais correspondent à la jurisprudence en la matière. Ils tiennent compte de l'atteinte portée à la réputation professionnelle de ces deux victimes et des nombreuses procédures qu'ils ont dû engager. Le père et actionnaire principal avait fait part aux juges, avec une sincérité évidente, du sentiment d'être victime d'une terrible injustice.

La jurisprudence du Palais-Royal a fini par admettre que les dysfonctionnements des services fiscaux n'étaient pas plus difficiles à juger que ceux des services hospitaliers. L'abandon de la faute lourde pour les hôpitaux publics au début des années 1990 a donc mis un peu plus de quinze ans pour s'imposer pour ce qui concerne les services fiscaux. En dépit des cris d'orfraie de Bercy annonçant la paralysie de ses services suite à une telle mesure, la transition s'est faite en douceur. Reste à voir si les juges accorderont des indemnités convenables aux malheureux contribuables…

### *Condamné par l'Europe*

En dehors de ces contentieux fiscaux liés à des bavures plus ou moins graves de l'administration, le Conseil d'État se retrouve confronté, depuis une dizaine d'années, à des contentieux de masse initiés par de nouvelles lois d'imposition des entreprises, souvent extravagantes et quelquefois contradictoires. En tant que conseil du gouvernement, la haute juridiction a donné un avis favorable – ou pas – à ces projets de lois avant d'être amenée à juger de l'application de chacune de ces législations mal ficelées, qui ont provoqué des contentieux de masse.

Coincés entre d'un côté les requêtes de multinationales françaises et de l'autre l'État, avec comme arbitre suprême la Cour de justice de l'Union européenne (CJUE) à Luxembourg, les juges du Conseil ont fait le maximum pour défendre les deniers de l'administration. Résultat : après des années de hausse, ces contentieux fiscaux se sont stabilisés à 2 milliards d'euros annuels entre 2014 et 2016. Mais c'était pour mieux rebondir à 7,6 milliards d'euros en 2017 et sans doute autant en 2018[1]. Notamment avec la loi de 2012 créant la taxe de 3 % que payaient les entreprises sur toutes leurs distributions de dividendes. À elle seule, cette loi (invalidée par le Conseil constitutionnel le 6 octobre 2018) a coûté dix milliards d'euros à l'État, obligé de rembourser rapidement le produit de la taxe.

Mais le pire est arrivé dans l'un de ces dossiers fiscaux, celui dit du précompte mobilier. Ce système d'imposition a été supprimé par le gouvernement français, en 2004, afin de se mettre en

1. Rapport du député Romain Grau relatif à la gestion du risque budgétaire associé aux contentieux fiscaux et non fiscaux de l'État, 17 octobre 2008.

conformité avec le droit communautaire. En effet, le Conseil d'État et la République française ont été condamnés, le 4 octobre 2018, à rembourser près de 5 milliards d'euros notamment aux groupes Accor, Rhodia, Suez, Valeo, Alcan... L'institution n'avait jamais été condamnée auparavant en tant que telle. Ses arrêts étant jusque-là seulement disqualifiés, le cas échéant, par la CJUE. Sur le fond du dossier, la France et sa plus haute juridiction administrative ont été condamnées pour deux raisons.

La première : pour avoir maintenu, depuis 1965, un traitement discriminatoire entre les sociétés mères françaises, qui ont droit à un avoir fiscal quand elles reçoivent des dividendes de filiales françaises installées dans l'Hexagone, et les mêmes qui doivent payer le précompte mobilier lorsqu'elles reçoivent des dividendes de leurs filiales à l'étranger. Ce précompte mobilier constituait en fait une violation du principe de la libre circulation des capitaux dans l'espace européen.

La deuxième raison de la condamnation : le Conseil d'État avait violé son obligation légale de consulter la Cour de justice européenne (CJUE) dans ce dossier.

### *Mouiller la chemise pour Bercy*

Dès la suppression du précompte mobilier en 2004, plusieurs sociétés ont introduit des recours devant les tribunaux administratifs et cours administratives d'appel. Ces juridictions ont condamné les services fiscaux, entre 2006 et 2008, à rembourser un total de 1,1 milliard d'euros à des multinationales françaises. Ce qui a été rapidement réglé. Le ministre du Budget s'est ensuite pourvu en cassation devant le Conseil d'État dans l'idée de stopper ces contentieux à risque. La haute juridiction a cette fois joué la prudence en demandant un avis sur ce pourvoi à la CJUE à Luxembourg. En jargon juridique, cela s'appelle joliment un avis préjudiciel. Le 15 septembre 2011, cette cour suprême européenne a confirmé la non-conformité du précompte mobilier au droit communautaire et exigé le remboursement des sommes indûment perçues par l'État auxquelles devaient s'ajouter des intérêts moratoires. La Cour a laissé au Conseil d'État le soin de trancher un certain nombre de questions liées à la quantification de ces remboursements.

Le gouvernement a alors commencé à rembourser à l'amiable l'équivalent du précompte mobilier pour les différents groupes concernés. Et le 10 décembre 2012, le Conseil d'État a rendu son arrêt définitif outrageusement favorable à la position de l'État. L'annexe n° 41 au rapport n° 2260 de l'Assemblée nationale sur le projet de loi de finances pour 2015 en témoigne clairement : « Les décisions du Conseil d'État sont largement favorables à la position défendue par l'État en ce qui concerne les modalités de calcul du montant de précompte dont les sociétés peuvent revendiquer la restitution. »

Comme souvent, lorsqu'il est en mesure de le faire, le Conseil a ainsi privilégié les intérêts de l'État au détriment de ceux des particuliers. Sauf qu'ici les particuliers étaient de puissantes multinationales françaises (Accor, BNP Paribas, Société générale, et le CIC), qui ont décidé, en juillet 2013, de déposer plainte contre l'État français à Bruxelles auprès de la Commission. Cette dernière a alors ouvert une procédure d'infraction contre la France, en novembre 2014, avant de saisir de nouveau la CJUE pour manquement de ses obligations juridiques de la part de la France !

Cette cour a finalement donné raison aux plaignants sur la question des sous-filiales, auxquelles l'État devra rembourser leur précompte mobilier. Mais elle ne remet pas en cause les deux autres critères contestés par la France : le taux d'imposition, qu'elle juge délicat à évaluer, et les documents requis pour apporter la preuve des impôts acquittés dans le passé. Détail qui peut choquer : les multinationales ont eu recours aux services des meilleurs avocats fiscalistes parisiens, dont certains conseillers d'État en disponibilité ou démissionnaires.

Au Palais-Royal, le contentieux fiscal reste la discipline royale avec le droit des marchés et contrats, le droit de l'environnement et de l'aménagement. Mais sur le plan des chiffres, c'est une tout autre histoire… Loin certes derrière le droit des étrangers regroupant 21,8 % des quelque 10 000 affaires enregistrées en 2017, le fiscal se classait numéro 2 avec 14,4 % des dossiers, l'emportant d'une courte tête devant les contentieux sociaux (14 %) et la fonction publique (11 %)[1]. Dix ans auparavant, le contentieux des impôts était numéro 1 avec 18,7 % des 9 627 affaires enregistrées, suivi dans l'ordre par le droit des étrangers (16,7 %), la contestation des décisions des chambres disciplinaires des professions réglementées, notamment dans le domaine médical (15,8 %), la fonction publique (15,5 %) et l'aide sociale (10,4 %)[2].

1. Conseil d'État, rapport public 2018.
2. Conseil d'État, rapport public 2008.

# Chapitre 11

## Des avocats qui connaissent bien la maison

Signe d'un profond malaise de la fonction juridictionnelle du Conseil d'État, six de ses juges en disponibilité et une vingtaine d'autres, démissionnaires ou à la retraite, exercent aujourd'hui la profession d'avocat dans les plus grands cabinets d'affaires de la place de Paris, dont August Debouzy, Veil Jourde, Bredin Prat, De Pardieu Brocas Maffei, Adamas, Darrois Villey Maillot, Weil Gotshal et Manges et CMS Francis Lefebvre.

Pire encore : nombre de conseillers d'État passent, sans problème et sans états d'âme, de la profession d'avocat en disponibilité – où ils sont chargés notamment des problèmes de régulation de l'économie et du droit de la concurrence –, à celle de membre ou de directeur d'une autorité administrative indépendante chargée des mêmes questions ! Des chasseurs de têtes mettent au point ces jeux de chaises musicales qui ne choquent plus personne, sauf quelques grognards, place du Palais-Royal… Nombre des conseillers d'État en question ont effectué le maximum de leur temps de disponibilité (dix ans) dans des cabinets d'avocats, avant de démissionner ou de partir à la retraite, toujours pour continuer à porter la robe noire. Entre-temps, leur avancement a continué et ils y ont cotisé pour leur retraite – jusqu'en 2014, date à laquelle la loi les en a empêchés. Seule une minorité d'entre eux sont retournés dans la maison mère. Ce dangereux mélange des genres, légal certes, est toléré, pour ne pas dire encouragé par les plus hautes autorités du Palais-Royal qui le déplorent uniquement en paroles. Elles affichent une grande préoccupation, des décisions molles anonymisées émanant d'un nouveau conseil de « déontologie », mais aucune sanction n'a semble-t-il jamais été prise. Enfin, le Conseil ne refuse jamais une mise en disponibilité pour exercer la profession d'avocat.

François Sureau, avocat aujourd'hui au Conseil d'État et à la Cour de cassation, a montré, lui, l'exemple, sans convaincre apparemment ses pairs. Ce colonel de réserve de la Légion étrangère, aujourd'hui également écrivain, a démissionné de la haute juridiction avant d'embrasser sa nouvelle profession. De même, le conseiller d'État honoraire Frédéric Thiriez, ancien patron de la Ligue nationale de football professionnel, est devenu, en 1990, avocat auprès au Conseil d'État et de la Cour de cassation, avant de démissionner trois ans plus tard de la fonction publique. Dûment validé par le Conseil d'État, c'est le décret du 27 novembre 1991 qui a facilité l'accès à la profession d'avocat pour les fonctionnaires membres des juridictions administratives ou financières, en les dispensant du Certificat d'aptitude à la profession d'avocat (Capa). Immédiatement, les plus grands cabinets d'affaires se sont mis à recruter des hauts fonctionnaires et en majorité des pensionnaires du Palais-Royal. Pour leur connaissance en droit public ? Sans doute. Mais surtout pour mettre à profit leur fantastique carnet d'adresses, qui permet aux cabinets auxquels ils appartiennent de « dialoguer », comme on dit, avec l'administration, voire de l'influencer.

### *Un conseiller d'État multicarte*

Il arrive même qu'un avocat en disponibilité du Conseil d'État plaide contre l'État, son employeur. La lutte pour décrocher l'une des plus belles sinécures de la République, la société anonyme d'économie mixte Autoroute et Tunnel du Mont-Blanc (ATMB), détenue à 67 % par l'État, en a fourni un exemple éclatant. Soi-disant pour mieux coordonner le fonctionnement des tunnels du Mont-Blanc et de Fréjus, un décret du président de la République nomme, depuis 2001, un seul président pour ces deux sociétés. La Société française du tunnel routier de Fréjus (SFTRF) est détenue à 99 % par l'État. Chacun de ces mandats de président était rétribué 150 000 euros brut par an jusqu'en 2017, un traitement désormais fixé à 65 000 euros par présidence[1].

1. Voir la réponse du Premier ministre à la question écrite de la députée LREM Caroline Janvier, *Journal officiel*, 27 mars 2018.

Le Premier ministre Georges Pompidou avait nommé, en 1968, son conseiller Édouard Balladur président de l'ATMB ; ce conseiller d'État y restera jusqu'en 1980. Soit douze ans, un record de longévité ! Cette belle place très convoitée a alors échappé pendant trente années au Conseil d'État, seuls des très proches de François Mitterrand, puis de Jacques Chirac étant désignés en alternance pour occuper ce fauteuil.

Trente ans plus tard, en 2010, un énarque, Hugues Hourdin, y a été parachuté par le président Sarkozy. L'ex-chargé de mission à la Ville de Paris puis auprès du secrétariat général du RPR, et enfin conseiller à la cour administrative d'appel de Paris avait été nommé au tour extérieur, en 1994, maître des requêtes par Édouard Balladur durant son affectation en détachement comme conseiller social à Matignon. Il a ainsi participé à 181 jugements en quatorze ans comme rapporteur à la section du contentieux. Soit environ seulement 1,07 arrêt par mois. Mais il a tout de même été nommé assesseur à la section du contentieux... C'est-à-dire à un poste où une partie du travail consiste à motiver les rapporteurs pour qu'ils ne bâclent pas leurs dossiers !

Après avoir passé les trois plus belles années de sa vie à la tête de l'ATMB et de la SFTRF, Hugues Hourdin a été obligé de retourner, le 2 juin 2013, au Palais-Royal à l'issue de son mandat de trois ans. Pas pour longtemps... Le 2 avril 2014, il s'est fait mettre en disponibilité pour intégrer le cabinet d'avocats d'affaires Boken, avec bureaux à Paris et à Londres. À ce titre, ce conseiller d'État en disponibilité a plaidé contre son employeur, l'État, à l'audience de référé du Conseil, le 9 juin 2017.

Il en résultait un étonnant mélange des genres. Hugues Hourdin plaidait pour le compte de son successeur à la tête de l'ATMB et de la SFTRF, François Drouin, qui attaquait en référé le décret de nomination de celui qui lui avait brutalement succédé, le 5 mai 2017, l'ancien ministre socialiste du gouvernement Ayrault Thierry Repentin, trois jours avant une présidentielle perdue d'avance pour le PS. Le mandat de François Drouin devait durer cinq ans, mais le ministère de l'Économie lui fait savoir en avril 2017 qu'il avait atteint la limite d'âge de soixante-cinq ans.

« Décision infondée, a plaidé l'avocat Hugues Hourdin. D'anciens présidents de l'ATMB, tel Edmond Giscard d'Estaing, sont restés dans leur fauteuil au-delà de soixante-cinq ans. Et changer d'attelage à la tête de la société est la pire des décisions au moment où l'Italie et la France s'affrontent au sujet de ses investissements et de son exploitation. » Sans rire, l'avocat s'est interrogé sur la disponibilité de l'ancien ministre Thierry Repentin, en raison de ses nombreux mandats d'élu local. Le 13 juin 2017, le Conseil d'État a rejeté la requête en annulation de François Drouin et de son avocat.

Qu'est-ce que la haute juridiction pouvait reprocher à Hugues Hourdin ? Mis en place par le vice-président du Conseil d'État Jean-Marc Sauvé, un filet déontologique à grosses mailles ne permettait pas de le sanctionner. Adoptée le 14 mars 2017, une charte de déontologie des juridictions administratives écrit mollement à propos des membres du Conseil d'État placés en disponibilité comme avocats : « Il convient pour les intéressés, pendant une durée de cinq ans [contre trois ans auparavant], de s'abstenir de présenter des requêtes ou mémoires, ou de paraître à l'audience, devant la juridiction dont ils ont été membres. » Il convient...

L'année suivante, le 30 août 2018, le conseiller d'État a demandé à partir en retraite à l'âge de soixante-cinq ans et a continué son travail d'avocat au cabinet Boken, spécialisé dans le contentieux d'affaires. Son cas, tout de même minoritaire, surprend plus d'un pensionnaire du Palais-Royal. Mais cela n'a pas fait une ligne dans la presse... L'entre-soi de la bonne maison a été préservé.

### *Six conseillers d'État sont également avocats*

En disponibilité du Conseil d'État, Emmanuelle Mignon, ancienne directrice de cabinet de Nicolas Sarkozy à l'Élysée, a intégré, début février 2015, en qualité d'associée le pôle public-réglementaire-environnement d'August Debouzy, spécialisée entre autres en droit des activités réglementées, concurrence et lobbying.

Ainsi, sur son site, ce cabinet, qui comprend 130 avocats, se félicite de compter dans ses rangs une conseillère d'État : « son niveau de technicité en droit public allié à sa connaissance de l'appareil de l'État, sont des atouts considérables tant en matière de conseil que de contentieux pour les clients du cabinet ».

Le conseiller d'État Yann Aguila, quarante-cinq ans, exerce, lui aussi, depuis 2011, dans le prestigieux cabinet d'avocats, fondé en 1966 par Jean-Denis Bredin et par le futur ministre de la Justice Robert Badinter. Au siège du cabinet, qui abrite 180 avocats dans un gigantesque immeuble du 53, quai d'Orsay à Paris, le pensionnaire du Palais-Royal a créé le département droit public, dont il est aujourd'hui le directeur, et s'occupe notamment du droit de la concurrence et du droit de l'environnement.

Dans une interview à la revue *Le Monde du droit*, le 30 janvier 2014, Yann Aguila explique son travail d'avocat : « Notre équipe de droit public développe une compétence particulière en droit public économique, sous ses différents volets. Les matières sont celles qui correspondent aux interventions de l'État en matière économique. [...] L'État est la puissance publique qui vient réguler les marchés, soit directement, soit par l'intermédiaire des autorités de régulation : c'est le droit des activités économiques régulées par des autorisations administratives, dont la liste est longue : énergie, transports, audiovisuel. »

Hasard ? Yann Aguila est aussi président de la commission Environnement du think tank le Club des juristes, qui revendique officiellement comme « partenaire » le groupe Vivendi, fort actif dans l'audiovisuel. Bien qu'il s'en défende, ce petit club très secret essaie d'orienter les réformes de l'État en amont du législateur et donc d'inspirer les lois.

Une vingtaine de membres du Conseil d'État sont aujourd'hui en détachement dans les autorités administratives indépendantes...

Le secrétaire général du gouvernement, le conseiller d'État Marc Guillaume, est aussi membre du Club des juristes, tout comme Bernard Stirn, ex-président de la section du contentieux, Antoine Frérot, président de Veolia Environnement, et Jean-François Guillemin, ancien secrétaire général de Bouygues. Pierre Godé, l'un des bras droits de Bernard Arnault chez LVMH, en était membre, lui aussi juste avant son décès.

Le 7 février 2021, à l'issue de ses dix années de disponibilité maximum, le conseiller d'État Yann Aguila devra démissionner de la fonction publique pour continuer son travail d'avocat ou retourner au Palais-Royal pour y gagner trois à quatre fois moins que chez Bredin Prat[1]. Cruel dilemne !

En disponibilité depuis presque neuf ans chez Veil Jourde, un autre grand cabinet d'avocats concurrent de Bredin Prat, Emmanuel Glaser, cinquante-cinq ans, devra, lui aussi, décider le 28 janvier 2021 s'il démissionne ou s'il retourne au Conseil. Le site Internet de Veil Jourde décrit longuement ses états de service au Conseil d'État (ce que la charte de déontologie du Palais-Royal recommande de ne pas faire...) et explique qu'il intervient principalement en droit de la régulation, en droit des contrats et en droit des aides d'État.

1. Contacté par mail le 21 octobre 2019, il n'a pas souhaité nous répondre.

Le site précise, sans la moindre gêne, qu'il a été commissaire du gouvernement à la 3e chambre de la section du contentieux de 2003 à 2009. Cette 3e chambre s'occupe entre autres du contrôle des concentrations en matière économique. C'est-à-dire du droit de la régulation. Le hasard fait bien les choses… Enfin, le même site ajoute, toujours sans complexe, qu'Emmanuel Glaser chronique, depuis 2010, la rubrique « Concurrence » de l'*AJDA* (*Actualité juridique du droit administratif*), la bible du Conseil d'État.

*Avocat, puis membre d'une autorité de régulation*

Un autre conseiller influent, Gilles Le Chatelier, a multiplié quant à lui les allers-retours entre le Conseil d'État et le cabinet d'avocats d'affaires Adamas, entre 2011 et 2014, puis à partir de 2015. Entre 2014 et 2015, il a fait un aller-retour le temps d'être le bref directeur de cabinet adjoint de la ministre de la Justice Christiane Taubira. Avantage de ce saut de puce, cela lui a permis de recharger son crédit de mise en disponibilité : il sera valide jusqu'en 2025 !

Cabinet international avec bureaux à Paris, à Lyon, à Bruxelles, à Stuttgart, à Pékin et à Shanghai, Adamas est spécialisé dans le droit public des affaires. L'expérience de Gilles Le Chatelier lui est donc très profitable, puisque ce conseiller d'État a passé douze ans à la 7e chambre de la section du contentieux comme rapporteur et commissaire du gouvernement, où il excellait dans le droit des marchés et des contrats publics.

Spécialiste reconnu en matière de droit de l'énergie, notamment pour les énergies renouvelables, il est l'un des commentateurs du Code de l'énergie, paru en 2015 chez Dalloz. Conseiller privilégié d'EDF, d'Enedis et d'autres institutionnels qui vont devant le Conseil d'État pour contester des décisions de la CRE (Commission de régulation de l'énergie), il est également l'avocat d'Enedis en proie à une cascade de procès lancés par les contestataires des compteurs Linky.

Comme son collègue Yann Aguila, Gilles Le Chatelier est membre du Club des juristes, ce think tank qui rassemble un cercle restreint d'avocats, de chefs d'entreprise et de juristes français. Il y travaille en compagnie de deux collègues en disponibilité qui étaient avec lui à la 7e chambre du contentieux (marché et contrats publics) entre 1995 et 2000. Il s'agit des conseillers d'État Sandrine Lagumina, directrice générale de 2011 à 2017 de Gaz Réseau Distribution de France, puis d'Engie, et Jean-Yves Ollier, directeur général de la CRE de 2011 à 2017. Ce dernier a été avocat de 2004 à 2007 chez Weil Gotshal et Manges et de 2007 à 2011 au cabinet Allen and Overy pour s'y occuper des problématiques de régulation et de concurrence. Saisie à chaque fois, la Commission de déontologie de la fonction publique n'avait pas décelé de conflit d'intérêts dans ces nominations !

Le même Jean-Yves Ollier avait remplacé comme directeur de la CRE une autre conseillère d'État, Christine Le Bihan-Graf. Celle-ci était partie pour devenir avocate associée au cabinet De Pardieu Brocas Maffei où elle travaille toujours. Personne n'y avait vu malice... De Pardieu Brocas Maffei figure parmi les plus importants cabinets d'affaires de Paris, il compte aujourd'hui 150 avocats dont 35 associés. Vous avez dit connivence ?

Sixième conseillère d'État actuellement en disponibilité comme avocate, depuis le 25 juin 2010, Nicole Guedj ne présente pas du tout le même cas de figure que les cinq autres pensionnaires. L'ancienne secrétaire d'État gère son propre cabinet spécialisé dans le droit des sociétés, le droit des contrats et la fiscalité. En fait, elle a rouvert ce cabinet fermé de 2004 à 2006 durant ses activités politiques de secrétaire d'État, puis de conseillère à l'Élysée. En 2021, à l'âge de 65 ans, elle pourra prendre sa retraite du Conseil d'État. Sauf que sa pension lui sera versée pour quarante-deux mois de travail au Palais-Royal, où elle a participé à 61 jugements, c'est-à-dire une moyenne de 1,4 arrêt par mois du 25 mai 2006 au 25 juin 2010[1]. Il est vrai que, durant cette période et pendant douze mois, l'ex-secrétaire d'État a travaillé théoriquement et aussi en parallèle à la section de l'administration.

1. Selon les chiffres du site Juricaf.

## *Ils cumulent les activités*

Il y a aussi des conseillers d'État absolument débordés qui ayant obtenu d'être en disponibilité sont avocats, tout en faisant de la politique... Ainsi, énarque et descendant d'un général du Premier Empire, le pensionnaire du Palais-Royal Bernard de Froment était en disponibilité depuis 2006, pour exercer des fonctions d'avocat en droit public au sein du cabinet Adamas, où exerce aussi aujourd'hui le conseiller d'État Gilles le Chatelier. Le 17 juillet 2014, à l'âge de soixante-cinq ans, l'homme a choisi de prendre sa retraite du Conseil d'État (arrivé au bout de huit ans de mise en disponibilité) pour poursuivre sa carrière d'avocat dans un autre cabinet. L'institution du Palais-Royal lui a également permis de mener une belle carrière politique en détachement comme député de Guéret, et en décharge de temps comme élu local dans la Creuse. De quoi être absolument débordé dans ses fonctions au Conseil !

En 2007, sa fille Camille, journaliste, a tenté de lui succéder en Creuse comme députée sous les couleurs du Modem, elle s'est pris une belle veste, en recueillant seulement 10 % des voix.

En revanche, son fils, Jean-Baptiste de Froment, normalien et ancien professeur de philosophie à l'université de Nanterre, s'est retrouvé, à moins de trente ans, en 2007, à l'Élysée, en charge de l'éducation et de la jeunesse, puis de la prospective et des études d'opinion. Juste avant de quitter ses fonctions en mai 2012, Nicolas Sarkozy, qui l'appréciait beaucoup, l'avait promu maître des requêtes au Conseil d'État au tour extérieur. Deux ans plus tard, il était élu conseiller UMP de Paris dans le IXe arrondissement.

Ainsi ces sages de la République, censés œuvrer dans les sphères éthérées du droit, se soucient d'abord de leur carrière, aidés en arrière-plan par une forme de conspiration du silence.

TROISIÈME PARTIE

# LA POLITIQUE DANS UN FAUTEUIL

# Chapitre 12

## Élèves sympathiques mais peu assidus en cours

Ceux qui vivent pour la politique font, au Palais-Royal, le plus souvent partie de la cohorte des invisibles. Leur faible assiduité explique en partie la surcharge de travail des conseillers d'État ordinaires. Directeur de cabinet d'Édouard Philippe à Matignon, le conseiller d'État Benoît Ribadeau-Dumas l'a écrit en langage fort diplomatique : « Le plus souvent, le Conseil d'État n'est qu'un refuge temporaire pour des personnalités désireuses de retrouver l'ivresse de la vie politique et qui se résignent difficilement à l'austérité de la maison[1]. »

Mais les patrons de la haute juridiction ont besoin de ces beaux esprits, dont certains arriveront un jour au plus haut sommet de l'État. Besoin de ces personnalités pour mieux asseoir leur pouvoir. Un exemple : le conseiller d'État Édouard Balladur, numéro 2 du gouvernement Chirac de 1986 à 1987, qui fit passer comme une lettre à la poste le projet de loi sur la création des cours

1. Benoît Ribadeau-Dumas, « Les carrières dans et hors le Conseil d'État », *Pouvoirs*, n° 123, novembre 2007.

administratives d'appel, resté bloqué à l'époque dans un tiroir depuis six ans.

De 1958 à 2002, sur 691 membres de la haute juridiction, 84 (12 % des effectifs) ont fait une carrière politique nationale[1]. Durant ces quarante-quatre ans, un président de la République (Georges Pompidou), 33 ministres (dont quatre Premiers ministres, Michel Debré, Georges Pompidou, Laurent Fabius et Édouard Balladur), 46 députés et 10 sénateurs étaient issus du Conseil d'État. Ses membres représentent à peu près le quart de tous les députés, au sein des grands corps depuis les années 1980, après en avoir représenté le tiers dans les années 1960 et 1970. Sur les seize Premiers ministres depuis 1981, trois (Fabius, Balladur et Philippe) y ont commencé leur carrière. Le constat ? Une suprématie écrasante du Conseil sur les autres grands corps.

### *Léon Blum, exemplaire !*

À la différence de Pompidou, de Balladur, de Fabius, de Philippe et des autres conseillers d'État ayant cédé aux sirènes du politique, Léon Blum n'a pas fait que passer place du Palais-Royal. Aujourd'hui, les ministres ou parlementaires y ont pris de bien curieuses habitudes. Le Conseil d'État joue le rôle officiel d'une assurance tous risques

1. Voir Luc Rouban, « Le Conseil d'État, 1958-2008. Sociologie d'un grand corps », *Les Cahiers du CEVIPOF*, n° 49, mai 2008.

pour faire de la politique. Les intéressés y trouvent le gîte, le couvert et profitent d'un refuge (en cas d'échec électoral), sans jamais envisager de démissionner de la fonction publique (sauf Pompidou) tout en cherchant une sinécure dans le privé. Avec une perspective de retraite séduisante : empocher une pension minimum de 3 000 euros net mensuels pour seulement quelques années d'activité à la section du contentieux.

Reçu à vingt-quatre ans en 1896 au concours de l'auditorat du Conseil d'État, le futur chef du gouvernement du Front populaire a démissionné, lui, du Palais-Royal et de la fonction publique en 1919. Il venait alors d'être élu député de Paris et allait se faire inscrire au barreau de la capitale, pour gagner sa vie comme avocat en cas d'échec aux élections législatives. Autres temps, autres mœurs...

En vingt-cinq ans d'activité au Conseil d'État, Léon Blum y travailla comme simple rapporteur sur 270 affaires et prononça près de 1 800 conclusions au pupitre de commissaire du gouvernement (ancien nom du rapporteur public). Record à battre : aucun ancien conseiller d'État, président de la République, ministre ou parlementaire n'a rédigé autant de conclusions. Parmi celles-ci, seules 26 nous sont connues aujourd'hui. Malgré de nombreuses recherches, la quasi-totalité des conclusions (qui ne sont toujours pas officiellement enregistrées) de Léon Blum n'ont jamais été retrouvées.

De quoi se poser des questions sur la légèreté de cette institution de la République, qui a délégué, fort légalement bien sûr, le recueil de ces conclusions à un éditeur privé, depuis déjà un siècle et demi. Plus étonnant et toujours légal, chaque rapporteur public touche une rétribution lorsque ses conclusions paraissent au *Recueil Lebon*. Il en est considéré comme propriétaire et peut les vendre ou les donner à qui il veut. Seule justification : pour rédiger des conclusions, un rapporteur public prétend travailler pendant plusieurs dizaines d'heures. C'est la règle au Palais-Royal !

Son rythme de travail au Conseil d'État (environ huit conclusions par mois, ce qui était et reste une très bonne moyenne) n'empêchait pas Léon Blum de multiplier les activités littéraires et politiques.

Doué d'une belle plume, il assurait également le secrétariat de rédaction de *La Revue blanche*, un bimensuel littéraire et artistique (disparu en 1903). Il y tenait une rubrique d'actualité sous le pseudonyme de « Un juriste », en se battant notamment pour l'innocence de Dreyfus.

Son devoir de réserve comme membre du Conseil l'obligeait à n'agir qu'en coulisse, en donnant aux avocats de Dreyfus et Zola des conseils[1]. L'Affaire le conduisit à participer aux côtés de Jaurès à la fondation de *L'Humanité*, et en 1905 à adhérer à la SFIO, mais il dut rapidement quitter le quotidien

1. Léon Blum, « Souvenirs sur l'Affaire », dans *L'Œuvre de Léon Blum*, vol. 4-2, 1934-1940, Albin Michel, 1965 ; et Serge Berstein, *Léon Blum*, Fayard, 2006.

devenu l'organe officiel de ce parti. À l'époque, au Conseil, cette formation politique était plutôt mal vue… Jusqu'à l'âge de quarante-huit ans et son élection comme député, il a partagé une vie confortable entre le Palais-Royal et les premières théâtrales, étant devenu un critique littéraire renommé dans des journaux grand public.

À son pupitre, Léon Blum a pratiqué une sorte de nouveau genre littéraire consacré à une notion juridique floue et fuyante datant de l'époque impériale : le service public.

Peu suivi, il réussira tout de même à faire évoluer la jurisprudence des concessions de travaux publics (les lignes de tramway notamment) en des concessions de service public. C'est-à-dire un système juridique où la préoccupation de l'amélioration constante du service ne soit pas systématiquement (en fonction d'un simple contrat de droit privé relevant du Code civil) à la charge d'une collectivité et donc du contribuable. Cette métamorphose très lente et mesurée reflète déjà à l'époque un pragmatisme certain du Conseil d'État (de simples contrats de droit privé ne peuvent réglementer des services publics), mais aussi sa constante réserve quant à l'intervention économique de l'État. La jurisprudence de la haute juridiction sur la distribution en régie publique de l'éclairage, du gaz et de l'eau en témoigne[1].

1. Voir Yvan Stefanovitch, *L'Empire de l'eau*, Ramsay, 2008.

*L'ombre de Georges Pompidou...*

Dans l'histoire de la République française, un seul membre du Conseil d'État (nommé maître des requêtes au tour extérieur par Charles de Gaulle) a accédé à la magistrature suprême : Georges Pompidou. Il y a travaillé de 1946 à 1953 avant de se faire mettre en disponibilité auprès de la banque Rothschild, et de démissionner de la fonction publique trois ans plus tard. Problème : les arrêts du Conseil d'État depuis la période de Vichy, et jusqu'en 1953, n'apparaissent pas sur le site Juricaf qui répertorie ces jugements depuis le 19 février 1875. La plus ou moins grande assiduité de Georges Pompidou ne peut pas être comptabilisée. Durant ses sept ans de travail à la 2e sous-section (ancien nom d'une chambre) du contentieux, Georges Pompidou a multiplié, comme Léon Blum, les activités à l'extérieur du Palais-Royal, étant notamment professeur à Sciences Po, chef du cabinet privé du général de Gaulle (jusqu'en 1953), trésorier de la Fondation Anne de Gaulle et adjoint au commissaire au tourisme. L'ancien vice-président du Conseil d'État Jean-Marc Sauvé a détaillé son travail à la haute juridiction : « Georges Pompidou apporte rapidement à la 2e sous-section, où il est affecté, un concours opérationnel dans des matières délicates, comme le contentieux des mesures d'épuration et des arrestations arbitraires, ou plus techniques et austères, comme les affaires de fonction publique[1]. »

1. Voir Jean-Marc Sauvé, colloque organisé par le comité d'histoire du Conseil d'État, 24 novembre 2014.

Son biographe Éric Roussel[1] donne un tout autre son de cloche : « Georges Pompidou songe à changer de voie, y réfléchit d'autant plus sérieusement qu'au Conseil d'État – où il sait qu'il lui faudra se replier si l'aventure du RPF se termine par un fiasco – sa carrière est bloquée en raison de ses liens avec de Gaulle. »

## *À l'école buissonnière*

Le président actuel du Conseil constitutionnel, Laurent Fabius, n'a pas laissé, lui, un grand souvenir au Palais-Royal. De décembre 1973 au 3 février 1978, ce rapporteur a participé à 82 formations de jugement, soit en moyenne 1,7 arrêt par mois[2] ! Ce rythme de sénateur s'explique. À l'époque, le futur Premier ministre (il sera nommé à Matignon en 1984) gravissait quatre à quatre les échelons au sein du PS et jetait les premières fondations de son fief en Seine-Maritime. Son temps à consacrer au Palais-Royal était minuté. Le favori de François Mitterrand a été élu député PS, en mars 1978, un mois tout juste après avoir terminé ses quatre années obligatoires (réduites à trois aujourd'hui) de service au Conseil d'État. Son mentor François Mitterrand lui avait offert une circonscription en or qui votait à gauche depuis des décennies et dont le député aspirait à la retraite.

---

1. Voir Éric Roussel, *Georges Pompidou*, Perrin, 2004.
2. Selon le site spécialisé Juricaf.

Cela tombait à point nommé. Dès lors, le maître des requêtes parachuté en Haute-Normandie n'a jamais remis les pieds au Palais-Royal jusqu'en 2001. À l'âge de cinquante-cinq ans seulement, ministre des Finances du gouvernement Jospin, Laurent Fabius a liquidé, cette année-là, ses droits à la retraite. Durant ses vingt-sept ans d'affectation au Conseil d'État, il y a travaillé seulement… quatre ans et deux mois ! Ensuite, il a été en détachement (avec maintien des droits à la retraite et à l'avancement), en quelque sorte à vie grâce à ses mandats de député ou à ses fonctions gouvernementales. Il empoche depuis une retraite de conseiller d'État, faisant le plein de ces prébendes pour presque 4 000 euros net mensuels. C'est la moindre des choses, puisque c'est légal…

À l'inverse de Laurent Fabius, Édouard Philippe, véritable homme-orchestre, n'a cessé de tout concilier, le Palais-Royal, ses activités politiques locales au Havre et à la direction de l'UMP, deux cabinets d'avocats d'affaires et une entreprise privée (Areva). À chaque fin de période de mise en détachement ou de disponibilité (le plus souvent trois ans), le futur Premier ministre était réintégré – peut-on dire fictivement ? – au minimum pendant une journée place du Palais-Royal pour être aussitôt remis en détachement ou en disponibilité ! Secrétaire général du Conseil d'État, Catherine Bergeal explique joliment cette procédure osée, mais tout à fait légale : « Le temps de passage de retour au Conseil d'État est un temps de raison qui s'applique juridiquement, puisque le Conseil d'État est tenu de réintégrer ses membres temporairement pour pouvoir les ressortir ensuite. Cette règle s'applique à l'ensemble des fonctionnaires[1]. » Ce temps de raison s'apparente plutôt à un très secret temps de l'indécence, dont nombre de politiques ont abusé.

À sa sortie de l'ENA, durant ses quatre premières années obligatoires à la section du contentieux, jusqu'en mai 2002, le maître des requêtes Édouard Philippe a participé très exactement à 341 arrêts sur cinquante-deux mois, en majorité aux 7e, 9e et 10e sous-sections du contentieux (marchés publics, armée et contentieux fiscal)[2]. Ce qui donne la moyenne fort honorable de plus de 6 arrêts par mois pour le futur Premier ministre, qui certes ne peut rivaliser avec Léon Blum et encore moins avec Sylvie Hubac.

En fait, entre 2001 et 2005, l'adjoint au maire du Havre a joué de toutes les possibilités – légales bien sûr – pour réduire au maximum son temps de présence. Au point de s'emmêler les crayons. Publié sur le site du gouvernement, son CV précise aujourd'hui : « En 2002, Édouard Philippe quitte le Conseil d'État [...] pour occuper les fonctions de directeur général des services de l'UMP. En 2005, il intègre le cabinet d'avocats Debevoise et Plimpton LLP. » Ce qui n'est pas

1. Audition de Catherine Bergeal devant la commission d'enquête sénatoriale sur les mutations de la haute fonction publique, 3 juillet 2018.

2. Selon le site spécialisé Juricaf.

totalement exact. Édouard Philippe est en effet revenu au Palais-Royal, au moins une journée le 1er avril 2005 (et ce n'est pas un poisson), tout simplement pour remettre à zéro le compteur de sa mise en disponibilité. Le lendemain de cette grande journée de travail, le 2 avril 2005, sa passion du droit l'a poussé à se faire remettre, le jour même, en disponibilité pour rejoindre un grand cabinet d'avocats d'affaires new-yorkais. Celui-ci regroupe 700 collaborateurs sur trois continents et son siège pour la France se situe dans un immeuble de la place de l'Opéra à Paris. Aujourd'hui, à la section du contentieux, les collègues d'Édouard Philippe ne l'ont jamais revu depuis plus de treize ans déjà, mais cela ne l'a pas empêché d'être promu au grade de conseiller d'État en 2010.

### *Un champion toutes catégories*

C'est un précurseur. Il a montré en son temps le chemin. Il s'agit de l'ancien Premier ministre Édouard Balladur. À sa sortie de l'ENA en 1957, il est affecté au Palais-Royal comme auditeur. Tout à la fois à la 1re sous-section du contentieux, puis au bout de trois ans à la section administrative des travaux publics. Premier constat : le site Juricaf indique son absence de participation à toute formation de jugement de la section du contentieux de 1957 à 1961. Puis il a été placé deux fois en détachement. De 1962 à 1963 comme conseiller de Robert Bordaz, directeur de la RTF (Radiodiffusion-télévision française). Ensuite, à partir du 2 janvier 1964 et jusqu'au 11 juillet 1968, il sera conseiller technique à Matignon. Enfin du 15 juin 1969 (entrée de Pompidou à l'Élysée) jusqu'à la mort du président, le 19 mai 1974, il sera secrétaire général adjoint, puis secrétaire général de la présidence de la République.

Cette version de son CV officiel est contredite par le site Juricaf. En effet, il précise que le rapporteur Édouard Balladur a participé à 4 formations de la section du contentieux en 1965. Exactement les 19 février, 21 avril, 1er et 21 octobre 1965. Ces audiences ont permis chacune la rédaction d'un seul arrêt. Or, à chacune de ces dates, le même maître des requêtes exerce les fonctions de chargé de mission pour les affaires sociales auprès du Premier ministre, Georges Pompidou. L'incompatibilité est évidente : Édouard Balladur ne pouvait pas légalement travailler le même jour à l'hôtel Matignon et au Conseil d'État.

La suite de son CV officiel nous apprend qu'il avait été réintégré pour onze mois au Conseil d'État pendant la traversée du désert de Georges Pompidou entre son départ de Matignon (11 juillet 1968) et son installation à l'Élysée (15 juin 1969). Mais il n'aurait participé qu'à une seule formation de jugement durant ces onze mois...

Après la mort du président Pompidou, le futur Premier ministre est retourné au Conseil l'année suivante pour deux ans, toujours selon son CV. Édouard Balladur a alors enfin pris ses fonctions de rapporteur un peu plus au sérieux. En 1975 et

1976, il a participé à 11 formations de jugement qui ont rendu 25 arrêts. On ne le reverra plus jamais au Palais-Royal... À partir de 1977, il ne quittera plus sa position de détachement de longue durée dans des entreprises parapubliques, puis comme député de Paris et ministre de l'Économie, avant de se faire placer par le Conseil d'État en 1988... en préretraite. Questionné à propos de son activité au Palais-Royal, l'ancien Premier ministre n'a pas souhaité répondre.

Édouard Balladur a donc travaillé huit années au Conseil d'État, étant placé en détachement durant vingt-trois autres années. Encore aujourd'hui, il reste l'un des symboles de cet absentéisme au Palais-Royal si longtemps toléré – voire encouragé.

Le président de la région Auvergne-Rhône-Alpes Laurent Wauqiez est aussi un champion dans son genre. Par décret du 27 avril 2001, il a été nommé auditeur au Conseil d'État à compter du 1er avril suivant. À la suite de son élection comme député de la Haute-Loire, un arrêté du 23 juin 2004 le plaçait en détachement. L'auditeur Wauquiez a bien effectué ses trois premières années obligatoires à la section du contentieux, sauf qu'il a effectué toutes sortes d'activités extérieures au Conseil...

Or, durant ces trois premières années, l'auditeur doit réaliser en priorité son travail de rapporteur au contentieux. Et les statistiques parlent... D'avril 2001 à avril 2004, il a participé à 43 formations de jugement[1]. Soit un peu plus d'un jugement par mois. Depuis, ce bourreau de travail n'a jamais remis les pieds au Palais-Royal, où il pourra néanmoins retrouver le gîte et le couvert au cas où...

1. Selon Juricaf.

# Chapitre 13

# La grande évasion

On a compris à ce stade la particularité du Conseil d'État : ses juges ne sont pas de vrais magistrats. Grâce au tour extérieur, une bonne partie d'entre eux ont été de surcroît parachutés, en provenance de l'administration, de la politique, de la médecine, du barreau, du journalisme, de l'entreprise ou encore de l'université. Pourtant, à la section du contentieux, l'atmosphère est moins stressante que dans tous ces lieux de pouvoir, avec l'absence de chefs et une charge de travail peu importante. Mais le labeur y reste austère et sans intérêt pour tous ces beaux esprits qui n'ont aucune connaissance en droit administratif pour la plupart. À la longue, la situation peut devenir insupportable ! Contrairement à un juge de l'ordre judiciaire, magistrat à vie, son collègue du Palais-Royal n'est tout au plus juge que par intermittence ou pour une période donnée.

En fait, au Conseil d'État, les juges vivent sur une sorte d'aéroport, d'où ils peuvent sans cesse atterrir ou s'envoler en direction ou en provenance de toutes sortes de postes. Loin de poser un problème, ce turn-over reste le principal atout d'une institution qui revendique le fait que ses membres soient juge et partie.

Pour mieux comprendre que ces juges ne représentent qu'une petite partie de l'activité du Conseil, il faut revenir un peu en arrière. Bonaparte Premier consul a créé le Conseil d'État comme un organe de conseil au gouvernement et pas du tout à l'origine comme juge de l'administration. Les monarchies successives et le Second Empire lui ont emboîté le pas, la section du contentieux créée en 1806 étant restée longtemps à l'état embryonnaire. Napoléon a finalement confié au Conseil d'État le soin de juger l'administration uniquement pour éviter que le juge judiciaire ne s'en mêle.

Se méfiant du Conseil en raison de sa proximité avec les régimes précédents, la IIIe République a limité sa fonction de conseiller privilégié du gouvernement. Les républicains ont alors fondé une jurisprudence autour de quelques concepts devenus aujourd'hui un peu démodés pour certains : la puissance publique, l'intérêt général et le service public.

### *Mise en place des conditions*

Curieusement, les mêmes républicains ont alors instauré une disposition permettant à ces juges de s'échapper, sans limite de temps, dans l'administration qu'ils jugent et de revenir au Palais-Royal avant d'en repartir, à leur guise et sans perdre leurs avantages. La loi du 13 juillet 1879 leur donne ainsi la possibilité d'être placés en détachement dans toute la fonction publique.

À peine arrivés au pouvoir, les nouveaux élus accordaient ainsi ce fabuleux privilège à ces membres d'un grand corps, pourtant profondément monarchiste (héritier du Conseil du roi) et créé par un ambitieux devenu empereur ! En fait, les nouveaux gouvernants voulaient tout simplement s'attacher leur fidélité. Le mélange des genres était ainsi dès l'origine érigé en système.

Jusqu'en 1918, ce grand corps sera donc le seul autorisé à acquérir en détachant ses membres à des positions clés ce qu'il considère comme son patrimoine naturel : certaines administrations et les cabinets ministériels[1]. Ce privilège extraordinaire a eu une conséquence fort logique : le législateur n'a jamais pu accorder l'inamovibilité aux membres du Conseil d'État. En effet, ils ne sont pas uniquement juges comme leurs homologues de la Cour de cassation, cour suprême de l'ordre judiciaire. La loi du 20 avril 2016 prévoit seulement que les membres du Palais-Royal « exercent leurs fonctions en toute indépendance, dignité, impartialité, intégrité et probité et se comportent de façon à prévenir tout doute légitime à cet égard ». Une indépendance autoproclamée !

Pour nombre d'entre eux, ces juristes à la réputation d'excellence ne veulent plus juger au terme de leur période obligatoire place du Palais-Royal.

1. Voir Marie-Christine Kessler, *Les Grands Corps de l'État*, Presses de la Fondation nationale des sciences politiques, 1986.

Cette période est de trois ans pour les auditeurs et jusqu'à sept ans pour les rapporteurs publics. Pour les présidents de chambre, assesseurs et rapporteurs, il n'y a pas de délai.

Détail important : les présidents de la section du contentieux s'y succèdent aujourd'hui à la vitesse de la lumière et pour la plupart ne font plus de longues carrières dans ce saint des saints. Durant les trente dernières années, deux ténors surtout, Bernard Stirn et Bruno Genevois, ont marqué les esprits.

Aujourd'hui, la solution la plus simple pour de nombreux juges désabusés consiste à rester au Palais-Royal en intégrant une section de conseil au gouvernement. Malheureusement, les places y sont chères… En effet, au début des années 2000, celle-ci rassemblait un peu moins d'une cinquantaine de conseillers et de maîtres des requêtes.

Il reste que la haute juridiction est un formidable incubateur de carrière pour eux. Ils peuvent alterner des fonctions quelquefois difficilement compatibles : à la tête d'administrations, pour exercer un mandat de parlementaire ou en disponibilité dans le privé, par exemple au sein de cabinets d'avocats d'affaires. De quoi se constituer un beau carnet d'adresses même au prix de quelques fracassants conflits d'intérêts.

À l'inverse, leurs homologues magistrats de l'ordre judiciaire qui sortent de l'École nationale de la magistrature de Bordeaux ne multiplient pas missions et sinécures dans les ministères. Ils se contentent de juger les conflits privés de leurs concitoyens, les crimes, délits et contraventions.

Le malaise de nombre de juges du Conseil s'explique. La majorité des Français ignorent la mission difficile, presque impossible, qu'il remplit et ont bien du mal à se représenter cette institution. Les mieux informés s'étonnent qu'il faille dans notre pays trois institutions (le Conseil d'État, la Cour de cassation et le Conseil constitutionnel) pour exercer trois fonctions qu'une seule, la Cour suprême, assure aux États-Unis.

Le discours officiel du Palais-Royal assume complètement cette triple fonction (politique, administrative et juridictionnelle) d'une belle et prodigieuse pirouette au confluent de deux traditions bien françaises : le culte de l'État et les corporations. La dualité (juge et conseiller du gouvernement en même temps) serait la vraie richesse du Palais-Royal. Pour juger et contrôler efficacement l'administration, le juge administratif doit la connaître intimement et, pour conseiller le gouvernement, il est indispensable de pratiquer le contentieux administratif ! Enfin, le détachement de conseillers et de maîtres des requêtes auprès du gouvernement et à la tête d'administrations ne peut que favoriser, paraît-il, leur connaissance du monde réel... La vérité, c'est que le commun des mortels bute sur ces subtilités. Comment comprendre que le Conseil d'État puisse jouer à la fois un rôle politique, administratif et juridictionnel ? Des fonctions difficilement conciliables à l'évidence avec ses vertus déontologiques autoproclamées d'indépendance et d'impartialité ? Ses membres réécrivent souvent entièrement les textes pour des questions de droit et d'opportunité politique, mais souvent également pour en corriger l'orthographe et la syntaxe. Or, ces documents sont rédigés dans les services juridiques de chaque ministère, où nombre de conseillers d'État et de maîtres des requêtes sont affectés en détachement comme directeurs ou chefs de service : cherchez l'erreur !

## *Les succursales du Conseil*

À elle seule, la Direction des libertés publiques et des affaires juridiques (DLPAJ) du ministère de l'Intérieur est une vraie bénédiction pour le Conseil. Depuis sa création en 1985, cette direction a connu dix patrons jusqu'à ce jour. Comme le dernier en date, tous ont appartenu au Conseil et chacun d'entre eux présente un profil de droite ou de gauche plus ou moins affirmé en fonction du gouvernement qui le nomme. Il n'est pas anodin que ce soit toujours un membre de la haute juridiction qui, depuis trente-quatre ans, soit nommé par le président de la République à la tête de cette direction, l'une des plus importantes du ministère de l'Intérieur. Trois des dix patrons de cette direction ont ensuite fait une carrière dans la préfectorale, sans manifester l'envie pour l'instant de revenir au Conseil, à l'exception de son ex-vice-président, Jean-Marc Sauvé.

Cette direction est à l'origine de tous les textes de lois en matière de terrorisme, d'état d'urgence, d'ordre public, de droit des étrangers et d'utilisation des forces de police pour disperser les manifestations, notamment des règlements d'utilisation des grenades de désencerclement et des fusils à balles de caoutchouc LBD-40. La réglementation sur l'usage de ces fusils (rédigée par des conseillers d'État de la DLPAJ) a par la suite été jugée correcte par un arrêt des juges du Conseil d'État sur requête de plusieurs manifestants gravement blessés à l'œil !

Les liens sont, de fait, très étroits entre le Conseil et l'Intérieur. Ainsi, ce sont presque uniquement des juges du Palais-Royal, des tribunaux administratifs et des cours administratives d'appel qui occupent en détachement les postes de chefs de service à la sous-direction du service du contentieux. Ici sont notamment traitées toutes les procédures liées aux manifestations des Gilets jaunes.

## *Drôles de dames pour képis étoilés*

Autre débouché pour les membres du Palais-Royal, mais cette fois pour des représentants en majorité du sexe féminin : le ministère de la Défense. Tous ces anciens juges pratiquent un mélange des genres sans la moindre gêne, ayant occupé auparavant des responsabilités en tant que juges des affaires militaires dans les 7e et 2e chambres du contentieux.

Sorte de ministre de la Défense *bis*, le patron du SGDSN (secrétariat général de la défense et de la sécurité nationale) coordonne les politiques interministérielles, notamment de planification des moyens des services de renseignements militaires et civils. Ses directeurs sont, depuis trente ans, issus de la haute fonction publique civile, avec parmi eux une majorité écrasante de cinq conseillers d'État (Guy Fougier, Achille Lerche, Jean-Claude Mallet, Francis Delon et désormais Claire Landais) contre deux représentants de la Cour des comptes (Jean Picq et Louis Gautier) et une directrice issue du ministère des Affaires étrangères (Isabelle Renouard).

À ce poste pendant dix ans de 2004 à 2014, le conseiller d'État Francis Delon constitue aujourd'hui le cas de mélange des genres le plus flagrant. À l'époque, en tant que patron du SGDSN, il a dirigé la mise en place par nos espions de la DGSE (Direction générale de la sécurité extérieure) d'un programme secret de 700 millions d'euros. Un projet destiné à capter les communications internationales (téléphone et Internet) qui transitent par les câbles sous-marins reliant l'Europe au reste du monde[1]. Problème : le même conseiller d'État préside aujourd'hui, depuis 2015, la CNCTR (Commission nationale de contrôle des techniques de renseignement), une autorité chargée de contrôler le bien-fondé des autorisations accordées par le Premier ministre en matière d'interception des communications réalisées par les services de renseignement et de police ! En clair, ce régent du renseignement[2] doit aujourd'hui modérer l'appétit de différents services pour les écoutes de toutes sortes.

1. Voir Vincent Jauvert, « Comment la France écoute (aussi) le monde », *L'Obs*, 1er juillet 2015.

2. Voir « Francis Delon, régent du renseignement », *Intelligence Online*, 21 juin 2017.

Juste avant d'être nommé patron du SGDSN, ce grand bosseur (totalisant une moyenne de 7 jugements par mois[1]) avait été, de 1997 à 2004, assesseur puis président de la 5e chambre du contentieux, chargée entre autres des requêtes de justiciables contre la police ou déposées par des fonctionnaires mettant en cause des décisions de leur hiérarchie ou des textes ministériels ainsi que les contestations de leurs pensions par des militaires. Cette situation ambiguë ne gêne apparemment personne...

L'actuel patron du SGDSN depuis mars 2018, la conseillère d'État Claire Landais, quarante-cinq ans, a été nommée, elle, à ce poste à la suite d'une guerre féroce entre grands corps, notamment avec la Cour des comptes. Elle avait été, de 2012 à 2018, directrice des affaires juridiques du ministère de la Défense. Cette mère d'un enfant, légionnaire d'honneur et adepte d'escalade, bénéficie toujours d'un certain charisme auprès des généraux. Brune aux cheveux courts, discrète et avenante, elle avait été auparavant commissaire du gouvernement à la section du contentieux de 2007 à 2008 et de 2010 à 2012, y traitant notamment les requêtes des militaires et celles déposées contre l'armée... Le directeur des affaires juridiques (DAJ) du ministère de la Défense est toujours une conseillère d'État qui connaît bien la « boutique ». La conseillère d'État Claire Legras y a ainsi succédé à Claire Landais.

Un exemple parmi d'autres, le DAJ du ministère de la Défense de 2002 à 2007, Catherine Bergeal, avait été auparavant commissaire du gouvernement

1. Selon les statistiques établies par Juricaf.

aux 7e et 2e sous-sections du contentieux de 1995 à 2002. Hasard ? En dehors des litiges sur les marchés publics et le droit des étrangers, ces deux sous-sections jugent essentiellement des affaires de conflits entre le personnel des armées et sa hiérarchie ou son ministère. En 2014, la même Catherine Bergeal est revenue au Conseil d'État pour y occuper les importantes fonctions de secrétaire générale de cette haute juridiction jusqu'en avril 2019, où elle a été promue présidente adjointe de la section consultative de l'administration. Cette femme de soixante-deux ans n'y sera pas dépaysée…

# Chapitre 14

## Régime de faveur pour les fonctionnaires

Si les relations entre les juges du Conseil d'État et Bercy ont toujours été un peu tendues, celles entre les mêmes juges et l'ensemble du petit monde des fonctionnaires ont presque toujours été au beau fixe depuis près d'un siècle et demi... Comme le dit le langage populaire, l'administration et ses fonctionnaires jouent à domicile au Palais-Royal.

Le vieux couple Conseil d'État-fonction publique est né à la fin du XIX^e siècle, lorsque le juge administratif a créé un droit jurisprudentiel de la fonction publique. Une occasion en or pour le Palais-Royal, puisque la droite et la gauche n'arrivaient pas à s'entendre sur le vote d'un statut de la fonction publique.

À l'époque, le professeur de droit public et l'un des créateurs de la théorie des services publics Maurice Hauriou avait explicité ce rôle du Conseil d'État en matière de droit de la fonction publique : « La haute juridiction a ainsi fait reculer l'antique préjugé d'après lequel les fonctionnaires seraient dans la main d'une puissance publique au point de ne pouvoir ni discuter de la légalité de ses actes, ni faire valoir contre elle des droits. » En clair, depuis Philippe le Bel, les fonctionnaires avaient des droits et des obligations définis par une multitude de droits dits prétoriens fixés uniquement par les pouvoirs publics. Qualifiés bien plus tard de « mesures d'ordre intérieur » (MOI), ces règlements, arrêtés et circulaires échappaient en majeure partie à toute contestation juridictionnelle.

Une harmonisation jurisprudentielle des différents statuts des fonctionnaires a donc été construite peu à peu par le Conseil d'État, notamment en matière de concours, d'avancement, de rémunération, de primes et de discipline. Pour ce faire, la haute juridiction acceptait d'examiner les requêtes pour excès de pouvoir des intéressés ou d'associations professionnelles contre les mesures réglementaires ou individuelles concernant le déroulement de leur carrière[1]. À deux exceptions notables : le Conseil s'est toujours refusé à l'époque de reconnaître aux fonctionnaires le droit de grève et de se syndiquer.

### *Un petit contentieux qui s'emballe*

Avec la création des cours administratives d'appel en 1987, les agents publics aidés de leurs syndicats ont commencé à multiplier leurs requêtes dans un domaine que les initiés appellent joliment

1. Jacques Chevallier, « Le statut des fonctionnaires de 1946 », *La Revue administrative*, 1996.

le « petit contentieux » de la fonction publique. Il s'agit des cas où un agent conteste sa notation, les différents éléments de sa rémunération, son avancement, ses congés ou encore une sanction disciplinaire légère (allant jusqu'à trois jours d'exclusion). Contrairement au contentieux lourd (entrée dans la fonction publique, mise à pied de plusieurs mois, révocation et pension), ce petit contentieux de masse a largement contribué à l'encombrement de certaines cours administratives d'appel.

Depuis une loi de 1995, un conseiller ou un président traite seul, avec le concours d'un commissaire du gouvernement, ces requêtes d'agents publics qui ensuite pouvaient se pourvoir, en appel, sans avocat, ou en cassation, obligatoirement avec un conseil. Les syndicats de la fonction publique et leurs avocats fournissaient gratuitement à leurs adhérents tous les conseils nécessaires afin de déposer leurs requêtes. Les statistiques officielles montrent l'explosion du contentieux de la fonction publique (sans plus de précisions) devant les tribunaux administratifs. Le meilleur exemple : l'année 2004 a vu une progression de 27 % des requêtes enregistrées par rapport à l'année précédente. Sur la même période, celui du droit des étrangers avait déjà augmenté de 20 %[1].

1. Voir la réponse du ministre de la Justice Dominique Perben à la question du sénateur Joël Bourdin, 20 octobre 2005.

D'autres justiciables voyaient, eux aussi, des recours pour des petits contentieux – c'est-à-dire considérés comme simples juridiquement – être jugés également par un juge unique, contrairement à la tradition. Notamment en matière de permis de construire, de communication de documents administratifs, d'aide sociale, d'impôts locaux, de remise gracieuse en matière fiscale, de redevance audiovisuelle, d'action en responsabilité d'une administration et de litiges sur des bâtiments en ruine. En 2007, les contentieux du retrait de points du permis de conduire furent rajoutés à cet inventaire à la Prévert.

### *L'appel du Palais-Royal*

Ces quelques chiffres traduisent au début des années 2000 une tendance générale de surchauffe du contentieux de la fonction publique. Le vice-président du Conseil d'État à l'époque, Renaud Denoix de Saint Marc, et les membres de son bureau étaient très inquiets. C'est pourquoi les fonctionnaires seront les premiers visés par le décret du 23 juin 2003 signé par le ministre de la Justice Dominique Perben. L'appel devient alors une voie fermée aux agents publics (en dessous de 8 000 euros de préjudice), ne leur laissant qu'une seule solution : le pourvoi en cassation, où le ministère d'avocat reste obligatoire et dissuasif par son coût. Et même si le fonctionnaire remplissait les conditions de dommages et intérêts pour aller en appel, il devait obligatoirement demander l'assistance d'un conseil.

Dix ans plus tard, le décret Perben de 2003 a été modifié par le décret Taubira de 2013[1] qui a rétabli les relations très particulières entre le Conseil d'État et les fonctionnaires. Ce texte a restauré, sans la moindre explication, la voie de l'appel pour les membres de la fonction publique, mais l'a supprimée pour les requêtes de points du permis de conduire et de l'aide sociale ! Les agents des trois fonctions publiques y ont retrouvé l'accès aux cours administratives d'appel (mais avec ministère d'avocat) sauf pour la notation et certaines sanctions disciplinaires qui vont directement en cassation au Conseil d'État. Bien entendu, sous l'effet du décret Taubira, le contentieux de la fonction publique a augmenté en flèche en 2014 et 2015 avant de se stabiliser autour de 10 % dans les tribunaux administratifs et au Conseil d'État.

### *Un chef déontologue sans moyens*

En dehors de ces contentieux classiques de la fonction publique, la haute juridiction garde pour l'instant la haute main sur le contrôle ou plutôt le manque de contrôle du pantouflage, notamment place du Palais-Royal. On n'est jamais aussi bien servi que par soi-même…

Chaque année, un millier de hauts fonctionnaires (dont des membres du Conseil) passent en disponibilité ou en démissionnant du secteur public au privé. Il s'agit dans quelques cas d'une

1. Voir chapitre 3.

infraction pénale et le Palais-Royal a eu longtemps le monopole de la détection de ce délit de pantouflage. Institué par une loi de 1919, il n'a entraîné que dix condamnations en un siècle !

Formée de quatorze membres dont la quasi-totalité sont issus des grands corps, une Commission nationale de déontologie de la fonction publique (CDFP) a été mise en place par le législateur sous la présidence Sarkozy, en 2007. Sollicitée par les ministères, elle est chargée par la loi de donner des avis sur le départ des hauts fonctionnaires vers le privé (mais, curieusement, pas sur leur retour dans le secteur public) et de traquer le cumul illégal d'activités pratiqué par certains.

Premier problème : les membres de la Commission émettent des avis sur des collègues ou anciens collègues, ce qui n'est pas une situation confortable, ni idéale ! Le grand public et les médias n'en sauront jamais rien. Il n'y a aucune publicité sur ces avis, qui doivent rester confidentiels... Seuls sont au courant le principal intéressé et son administration d'origine.

Deuxième problème : la Commission n'est pas indépendante, étant placée sous l'autorité du Premier ministre, aujourd'hui un conseiller d'État en la personne d'Édouard Philippe. Ses quatorze membres sont nommés par décret du gouvernement.

Troisième problème : son président est obligatoirement, de par la loi, un conseiller d'État, en l'occurrence depuis juillet 2015 le conseiller honoraire Roland Peylet. Avant lui était aux manettes depuis

2007 Olivier Fouquet, président de la section des finances à l'époque, qui a fini par démissionner de la Commission, en 2012, après avoir menacé de le faire. L'objet de la polémique ? La nomination du conseiller économique du président Sarkozy, François Pérol, comme président du directoire de la BPCE, groupe bancaire né de la fusion des Caisses d'épargne et des Banques populaires. Une fusion que ce dernier avait supervisée à l'Élysée (ce qu'il a toujours refusé de confirmer en ces termes). Or, la Commission n'avait même pas été consultée !

Quatrième problème : les moyens d'enquête de la Commission restent complètement ridicules. Elle ne dispose que de six collaborateurs pour donner des avis sur ses 5,4 millions de clients en puissance, c'est-à-dire 5,4 millions de fonctionnaires (seuls les militaires et les membres du Conseil échappent à sa compétence).

Malgré tout, Roland Peylet est un vrai bosseur et traite beaucoup de dossiers. S'ils étaient 3 000 par an en 2015, ils ont atteint les 4 000 en 2016, dépassé les 5 000 en 2017 et les 7 000 en 2018 ! Ces statistiques montrent que chacun des six fonctionnaires de la Commission traite 97 dossiers par mois. Ce qui n'est pas mal...

La Commission s'oppose (très rarement) aux pantouflages dans le privé de hauts fonctionnaires. Sa saisine est en principe obligatoire dans ce cas. Le discret conseiller d'État honoraire Peylet remet un avis à chaque administration concernée, qui peut ensuite saisir le Conseil d'État en cas de réponse négative. Mais la Commission ne peut exercer légalement aucun contrôle *a posteriori*, par exemple sur les 80 avis d'incompatibilité qu'elle a rendus, en 2017, sur des pantouflages de hauts fonctionnaires.

Trois ans après son départ à la retraite, le gouvernement socialiste de Jean-Marc Ayrault avait nommé Roland Peylet, en juillet 2015, comme président et il sera renouvelé à ce poste, le 19 février 2017, par le Premier ministre socialiste Bernard Cazeneuve, juste un peu avant l'arrivée à l'Élysée d'Emmanuel Macron. Entendu le 26 juin 2018 par la commission d'enquête sénatoriale sur les mutations de la haute fonction publique, Roland Peylet n'avait pas caché que ses fonctions en tant que déontologue en chef de la fonction publique relèvent de la mission impossible.

### *La vraie cible*

En fait, l'occupation principale de la Commission consiste à traquer les petits fonctionnaires cumulards (74 % des cas), une cible politiquement moins sensible. En effet, la loi de 2007 les autorise à exercer une activité parallèle dans la limite de deux ans maximum, avant de choisir de démissionner ou de rester dans la fonction publique, en abandonnant toute collaboration extérieure. Profitant des dispositions sur le statut de l'autoentrepreneur, les agents de catégories B et C, les infirmières notamment, arrondissent ainsi leurs fins de mois en tant qu'infirmières libérales ou des policiers municipaux tiennent parfois des cafés... Roland Peylet a souligné la facilité de la majorité de ces contrôles, ces fonctionnaires pour la plupart de rang modeste étant dénoncés par leur entourage.

Ces fautes graves se concluent en principe devant le Conseil d'État par un licenciement ou une exclusion temporaire et une sanction pécuniaire : c'est-à-dire le remboursement à l'administration des sommes touchées grâce à cette activité interdite, sans compter d'éventuelles poursuites pénales. En la matière, la loi du 20 avril 2016 sur la déontologie des fonctionnaires a confirmé la jurisprudence de la haute juridiction.

Mais Roland Peylet reconnaît se trouver fréquemment face à des cas de conflits d'intérêts où, faute d'une loi et d'une jurisprudence, la Commission ne peut rien faire. Et de citer devant les sénateurs[1] le cas d'un fonctionnaire travaillant au service des permis de construire d'une mairie, qui souhaitait être recruté par un promoteur immobilier. Le maire lui-même est venu le défendre ! Les conflits d'intérêts public-public ne font pas non plus l'objet d'un signalement à la Commission.

### *Vers la fin de l'autoprotection au Palais-Royal ?*

Jusqu'en décembre 2019, pas moins de quatre instances étaient directement impliquées dans le contrôle de la déontologie de la seule fonction

1. Audition de Roland Peylet devant la commission d'enquête sénatoriale sur les mutations de la haute fonction publique, 26 juin 2018.

publique d'État (hors militaires et magistrats) : la CDFP (simple service), la HATVP (Haute Autorité pour la transparence de la vie publique) ; le Défenseur des droits (autorité administrative indépendante) s'agissant du respect des règles de déontologie par les agents publics de la sécurité intérieure (policiers et gendarmes) ; et la coordination nationale déontologique confiée à la DGAFP (Direction générale de l'administration et de la fonction publique). Une vraie usine à gaz !

À part la HATVP, organisme réellement indépendant et présidé par un ancien procureur général auprès de la Cour de cassation, les trois autres étaient présidées par des conseillers d'État, à l'exception de la DGAFP jusqu'en 2015 seulement. Enfin, le même Conseil d'État est juridiction de cassation pour les décisions concernant les litiges de tous les fonctionnaires (dont les militaires et les magistrats judiciaires) avec leur ministre respectif ou leur hiérarchie. Consécration : depuis une vingtaine d'années, l'ancien vice-président du Conseil d'État Jean-Marc Sauvé a présidé ou fait partie des différentes commissions sur la déontologie dans la fonction publique.

Plusieurs hauts responsables du Palais-Royal tiennent depuis toujours un discours de bon sens, mais scandaleux en la matière. Ils préconisent un contrôle externe dans les grands corps de la haute fonction publique. Or, armé de sa propre charte de déontologie, le Conseil d'État se repose uniquement sur un collège interne de déontologie des juridictions administratives (présidé par l'ancien président de la section du contentieux

Daniel Labetoulle), qui publie ses avis une fois par an, mais sans aucun nom ! La haute juridiction lave son linge sale en famille. Elle examine seule les multiples cumuls de fonctions de ses membres avec des activités extérieures, dites accessoires, et les pantouflages.

Les vice-présidents successifs du Conseil d'État ont réussi à éviter l'intégration des hauts fonctionnaires dans le processus de transparence de la vie publique. Ainsi, la HATVP publie sur son site les déclarations de revenus des parlementaires ainsi que des maires des grandes villes ; leur patrimoine étant consultable sous certaines conditions en préfecture. Pour faire cesser ce maintien d'une gestion interne et opaque des carrières administratives pour les hauts fonctionnaires par les grands corps, des parlementaires ont proposé par deux fois, en 2016, de fondre la Commission de déontologie de la fonction publique dans la HATVP, pour tout ce qui touche au contrôle des pantouflages. La HATVP avait annoncé son intention d'être plus sévère en la matière, de publier ces avis et les revenus des hauts fonctionnaires. Une déclaration de guerre au Conseil d'État !

La Haute Autorité instruit déjà directement les déclarations d'intérêts et de patrimoine des hauts fonctionnaires, sauf celles des grands corps, au nom de la séparation des pouvoirs. Il s'agissait de transférer à cette autorité le contrôle des départs vers le secteur privé de certains agents, directeurs d'administration centrale, préfets, ambassadeurs, ainsi que ceux des collaborateurs du président de la République et des membres des cabinets ministériels. La CDFP resterait alors compétente en matière de départs vers le secteur privé pour l'ensemble des autres agents appartenant aux trois fonctions publiques.

Lors de la première tentative au Sénat et à l'Assemblée en janvier 2016, l'exécutif a réussi à faire capoter le projet.

À la deuxième, le Conseil constitutionnel (présidé par le conseiller d'État honoraire Laurent Fabius) a censuré, le 8 décembre 2016, l'article 28 de la loi Sapin II qui reprenait le même projet.

La troisième tentative a été la bonne malgré l'opposition feutrée du Conseil d'État.

Le 24 juillet 2019, les députés ont voté un amendement qui prévoit l'absorption de la CDFP par la HATVP pour créer la Haute Autorité pour la transparence et la déontologie de la vie publique (HATDVP). Le gouvernement a donné son feu vert à ce texte soutenu par des parlementaires LREM et repris dans la loi sur la fonction publique. Cette législation aura force de loi à partir du 1er février 2020 avec un collège de douze membres (contre huit à la HATVP), dont deux du Conseil d'État, deux de la Cour de cassation, deux de la Cour des comptes, deux nommés par le président de l'Assemblée, deux par le président du Sénat et deux par le gouvernement. Mais le Palais-Royal n'a sans doute pas dit son dernier mot…

# Chapitre 15

## Le légitimisme, maladie héréditaire

Si la plupart des maîtres des requêtes et des conseillers ont des préférences politiques, très marquées pour certains, il n'est pas question pour eux de paralyser l'action des pouvoirs publics, ils respectent le droit de tout gouvernement en place de ne pas voir son action entravée. Cela s'appelle en langage techno le légitimisme.

Plus généralement, les mauvais esprits n'ont pas droit de cité dans une institution qui se veut collégiale. Un seul mot d'ordre : pas de vagues en public et surtout pas devant des journalistes.

Ce légitimisme aide beaucoup au rayonnement extraordinaire et à la puissance discrète du Conseil depuis près de deux siècles.

### *L'art de l'esquive*

Cette loyauté – cette soumission ? – des pensionnaires du Palais-Royal s'exprime discrètement dans les contentieux et les avis au gouvernement. Certes, une cinquantaine de figures du Conseil d'État sont en permanence engagées dans la vie politique. Elles se manifestent surtout à l'occasion des changements de majorité qui provoquent un important jeu de chaises musicales entre le Conseil, l'Élysée, Matignon, les cabinets ministériels, les directions centrales de l'administration et les présidences des établissements publics. En fonction de leurs affinités, les uns quittent le Palais-Royal, tandis que d'autres y reviennent. Mais la plupart des membres de ce grand corps confinés dans leur tour d'ivoire ne sont ni à droite ni à gauche : ils sont simplement légitimistes.

Le meilleur exemple de cette tradition : le port du voile islamique. Dans son premier avis du 27 novembre 1989 sur l'affaire, l'assemblée générale du Conseil d'État écrivait, se fondant tout à la fois sur le respect de la laïcité et de la liberté individuelle : « Le port du voile islamique, en tant qu'expression religieuse, dans un établissement scolaire public, est compatible avec la laïcité. »

De 1989 à 1994, c'est au titre de juge au contentieux que le Palais-Royal est intervenu à quatre reprises dans ce dossier. Une seule exclusion sera admise en cassation par le Conseil d'État, qui a annulé les trois autres, confirmant ainsi l'avis de 1989 de l'institution. La ligne était claire et le nombre de contentieux donc peu important. Adressée aux chefs d'établissement le 20 septembre 1994, la circulaire du ministre de l'Éducation nationale va tout bousculer. François Bayrou a interdit explicitement tous les signes religieux ostentatoires, c'est-à-dire par eux-mêmes, et non du fait d'un comportement ostentatoire comme l'avait décidé le Conseil. En fait, ce texte, destiné à l'origine à préserver l'école d'un certain prosélytisme islamique, a attisé les tensions et fait émerger un important contentieux.

*Un (long) feuilleton*

La circulaire Bayrou prétendait s'appuyer sur l'avis du Conseil, mais elle disait le contraire en demandant ouvertement l'interdiction du voile dans les établissements d'enseignement public, contrairement à ce qui se passe dans la majorité des autres pays européens. Bien sûr, des requérants ont demandé au Conseil d'État d'annuler ce texte ministériel. « Quand la circulaire Bayrou nous a été déférée en annulation en 2008, explique le conseiller d'État Jean-Michel Belorgey, on a été très ennuyés… Et pour éviter le clash avec le gouvernement Balladur, on a eu le culot d'affirmer que le texte incriminé était purement interprétatif… Quand on ne sait pas quoi dire, on n'ose pas dire, on joue l'esquive. C'est tout à fait dans les veines de vieilles traditions au Conseil d'État, pas les meilleures[1] ! »

De 1994 à 2003, les proviseurs n'ont pas molli : une centaine de jeunes filles environ ont été exclues de collèges et de lycées publics pour port du voile islamique. Les jugements ont été

1. « Le voile au Conseil d'État », entretien avec Jean-Michel Belorgey, *Droit et Société*, n° 68, 2008.

hautement médiatisés et surtout ont suscité l'indignation, quand le Conseil d'État annulait les décisions d'exclure des jeunes filles.

En 2004, la proposition de loi sur l'interdiction du voile à l'école sera acceptée telle quelle. Le légitimisme de ses membres reprenait le dessus comme un siècle et demi plus tôt, en 1858. Une assemblée générale du Conseil avait alors validé la légalité d'une législation liberticide – la loi de sûreté générale –, instituée à la suite d'un attentat manqué contre Napoléon III. Un mauvais souvenir.

Une autre législation, sœur jumelle de la loi anticasseurs votée le 16 mars 2019 par le Parlement, a permis à l'autorité préfectorale de se substituer aux magistrats de l'ordre judiciaire afin de s'opposer plus efficacement aux violences lors des manifestations de Gilets jaunes. Histoire de prouver que les forces de l'ordre n'avaient pas les outils juridiques pour faire face à des violences, alors que le vrai problème est tout autre. CRS, gendarmes mobiles et inspecteurs en civil de la PJ n'arrivaient pas à courir aussi vite que des casseurs chevronnés et très bien entraînés !

L'assemblée générale du Conseil d'État avait en l'espèce courageusement émis un avis défavorable à l'article 3 de ce projet de loi. Reflet d'une volonté affichée de fermeté du Premier ministre Édouard Philippe – lui-même conseiller d'État –, ce texte attribuait au préfet, autorité non indépendante, le pouvoir de prendre la décision d'interdire de manifester à l'encontre de toute personne présentant une menace d'une particulière gravité pour l'ordre public en dehors de toute condamnation pénale et sans recours effectif possible. Las, l'avis défavorable n'a jamais été publié, ce que le vice-président du Conseil d'État Bruno Lasserre s'est bien gardé de commenter publiquement. Pas question d'occuper le devant de la scène… Le Conseil constitutionnel, lui, a fait le travail et invalidé cet article 3, qui n'a pas été repris dans cette nouvelle loi anti-casseurs.

### *Le Conseil rappelé à son devoir*

La jurisprudence en matière militaire a pu refléter, elle, l'indépendance et l'impartialité de la haute juridiction, mais pas longtemps. C'est l'histoire d'un capitaine des troupes de marine, Michel Bavoil, qui a mené la vie dure aux généraux de l'armée française, ce qui l'a cantonné à un grade modeste jusqu'à l'âge de la retraite[1] ! Dans les années 1990, cet officier chancelier (juriste) dans l'armée de terre, qui s'est battu en Afrique et dans l'ex-Yougoslavie, avait déposé seize requêtes individuelles devant le Conseil d'État. Il les a gagnées presque toutes avec le plus souvent l'appui de la rapporteure publique Catherine Bergeal. Il a obtenu notamment en 1998 l'annulation pour illégalité de l'avancement au grade supérieur de 161 officiers de l'armée de terre.

Quelques semaines plus tard, le Parlement, à la demande du gouvernement, a couvert ces

1. Entretien avec l'auteur, le 3 octobre 2018.

161 nominations illégales par ce qu'on appelle une validation législative. Ce système permet au législateur de contrecarrer les annulations par le Conseil d'État de textes réglementaires en leur accordant rétroactivement une valeur législative.

Cette piqûre de rappel du gouvernement a fait son effet au Palais-Royal, qui rejette désormais comme irrecevables toutes les requêtes de Michel Bavoil depuis qu'il les dépose au nom de l'Adefdromil (Association de défense des droits des militaires, fondée en 2001), eu égard au caractère syndical de cette association, créée en infraction aux dispositions du Code de la défense. Par sa décision du 2 octobre 2014, la CEDH (Cour européenne des droits de l'homme) a condamné la France pour avoir rejeté pour irrecevabilité trois requêtes de l'Adefdromil, au motif suivant : violation de l'article 11 de la convention européenne de sauvegarde des droits de l'homme, relatif à la liberté syndicale et au droit d'association des militaires.

Mais le légitimisme du Conseil ne s'est pas arrêté là… Afin de régler la contradiction apparue entre le Conseil d'État et la CEDH sur le rôle des associations professionnelles dans l'armée, le président de la République François Hollande confia une mission à deux conseillers d'État, Bernard Pêcheur (à l'époque président du Haut Comité d'évaluation de la fonction militaire) et Alexandre Lallet. La loi du 28 juillet 2015 a repris les propositions des deux pensionnaires du Palais-Royal. Tout en maintenant l'interdiction aux militaires d'adhérer à un syndicat et surtout à l'Adefdromil, le législateur a créé une sorte de syndicalisme Canada Dry. C'est-à-dire qu'il a autorisé une association placée sous la haute surveillance du ministère de la Défense et du Conseil d'État. Lesquels contrôlent les conditions draconiennes pour qu'une association puisse mériter un « label » qui seul permet d'ester en justice devant le Conseil d'État.

Président de l'APNM-Marine, le capitaine de vaisseau Dominique de Lorgeril explique sa conception du syndicalisme militaire : « Le capitaine Michel Bavoil a fait un excellent travail dans les années 1990. Maintenant, la balle est dans le camp des APNM pour faire rentrer la démocratie dans l'armée grâce au même Conseil d'État et à son indépendance par rapport aux généraux[1] ! » On lui souhaite bon courage… Comme quoi, quand le Palais-Royal a le courage d'échapper à son traditionnel légitimisme, ce n'est jamais pour bien longtemps.

### *Pas touche aux généraux de l'armée de terre*

Plus généralement, au grand regret des rares contestataires du Conseil, il n'est pas question pour l'institution de briser les consensus et non-dits de la Grande Muette. Surtout quand les dames du Palais-Royal, notamment Claire Landais et Catherine Bergeal, ont investi quantité de hauts postes du ministère de la Défense après avoir officié à la

1. Entretien avec l'auteur, le 18 octobre 2018.

7e chambre du contentieux, compétente pour les affaires militaires.

Le meilleur exemple ? À son retour d'Afghanistan et de Côte d'Ivoire avec la Légion étrangère, le lieutenant-colonel Hervé Wallerand, devenu patron d'un bataillon d'élèves officiers à l'école de Saint-Cyr, a fait l'objet, le 8 janvier 2013, d'une sanction de quinze jours d'arrêts par le ministre de la Défense Jean-Yves Le Drian. L'armée avait ainsi déniché un bouc émissaire pour se protéger en prévision d'un procès correctionnel. Un sous-lieutenant de vingt-quatre ans était mort par noyade lors d'une séance de formation (un bizutage) des nouveaux élèves encadrés uniquement par les élèves les plus anciens. En février 2013, sept militaires (dont ce lieutenant-colonel, un autre officier et cinq élèves devenus officiers depuis) ont été mis en examen dans la même affaire pour homicide involontaire par imprudence après avoir été sanctionnés rapidement, eux aussi, de quinze jours d'arrêts.

Dans la nuit du 29 au 30 octobre 2012, la victime devait traverser un étang à la nage, avec casque et rangers, le tout dans une eau à 9 °C et au son de *La Walkyrie* de Wagner. Pour le président de l'Adefdromil Jacques Bessy, ancien patron du GIGN et colonel de gendarmerie en retraite, il y a eu défaillance du commandement : « Si l'exercice avait été correctement encadré, une noyade ne serait pas passée inaperçue et le noyé n'aurait pas été retrouvé par les pompiers une heure après la fin de l'exercice[1]. » En effet, l'étang, éclairé par

1. Entretien avec l'auteur, le 17 septembre 2018.

des projecteurs, a brusquement été plongé dans le noir à la suite d'une coupure de courant. C'est une fois les lumières rallumées que les élèves se sont rendu compte de la disparition de leur camarade. Puni de quinze jours d'arrêts par le ministre de la Défense, le lieutenant-colonel Hervé Wallerand a été le seul des deux officiers en cause à faire appel de cette décision devant le Conseil d'État. Pourquoi ? Le maintien de cette sanction l'empêchait de décrocher à terme son étoile de général. Et donc cet officier n'a pas voulu endosser, seul, la responsabilité de deux siècles de traditions militaires. C'est-à-dire d'ordres non écrits qui consistent à mettre régulièrement les jeunes élèves officiers de Saint-Cyr dans les situations les plus périlleuses, pour les conduire à prendre la bonne décision, très rapidement, face à l'ennemi… Les juges du Palais-Royal se trouvaient complètement paralysés face à la mise en cause d'une culture inaccessible à toute critique juridique : la fabrication des généraux de l'armée de terre.

Rappelant que ce militaire était très bien noté, la 7e chambre du contentieux a rejeté, le 25 novembre 2013, sa requête après avoir toutefois admis que la procédure était entachée d'erreurs de fait et d'une qualification inexacte… Peu avant la confirmation de sa sanction par le Conseil d'État, le lieutenant-colonel Hervé Wallerand avait démissionné de l'armée, en août 2013, pour rejoindre le groupe AXA. Tous ses chefs hiérarchiques jusqu'à l'état-major de l'armée de terre sont devenus, eux, généraux ou ont gagné une étoile de plus depuis. Lui s'est mis à dos toute sa haute hiérarchie.

Croire en la justice de l'État passe souvent par un vrai chemin de croix !

# Chapitre 16

## Mensonges d'État

La principale mission des juges reste de protéger l'ordre public, tout en préservant les libertés publiques des citoyens. Ce challenge difficile entraîne, parfois, non seulement une complaisance excessive de la part du Conseil envers l'exécutif, mais aussi une propension à pratiquer le mensonge d'État dans les situations politiques agitées.

Une première tache indélébile hante toujours l'ancien palais construit par Richelieu : la collaboration avec le régime de Vichy. Certes, le Conseil n'a donné que peu d'avis sur les 28 lois et 19 décrets antijuifs. Et pour cause, le gouvernement de l'époque ne le lui a que rarement demandé. Ces lois, entre autres, d'exclusion de la fonction publique des Juifs, vont d'ailleurs s'appliquer avec rigueur aux conseillers d'État, dont dix-sept seront exclus de la fonction publique[1]. Parmi eux Jacques Helbronner qui fut gazé avec sa femme, le 23 novembre 1943,

1. Jacques Chevallier, *L'Épuration au Conseil d'État*, Complexe, 1996.

à Auschwitz, sans que cela suscite la moindre émotion publique parmi ses collègues. Heureusement, le Conseil d'État comptait alors aussi dans ses rangs des résistants célèbres : Alexandre Parodi, Bernard Chenot, Pierre Laroque, André Ségalat, Pierre Tissier…

## *Vichy ou la revanche*

Conseiller d'État honoraire depuis 2004, Jean Massot s'est fait l'historien de sa maison aux sombres heures de l'Occupation. Et l'ancien président de la section des finances ne mâche pas ses mots : « En participant sous Vichy à l'élaboration ou à l'application de certains textes, le Conseil d'État s'était sali les mains. […] Tenu à l'écart de l'élaboration des textes les plus scélérats, le Conseil d'État a joué un grand rôle dans leur application[1]. » En conclusion, Jean Massot soutient que la survie de la haute juridiction sous Vichy s'est faite avec, puis malgré ce régime, « en tentant de limiter ses excès au prix d'inévitables accommodements. Mais, une survie, dit-il, ne pouvait pas se faire contre le régime de Vichy qui aurait alors supprimé le Conseil d'État purement et simplement[2] ».

Le garde des Sceaux de l'époque, Raphaël Alibert, un ancien de la Maison, avait rédigé

1. Jean Massot, « Le Conseil d'État et le régime de Vichy », *La Revue administrative*, numéro spécial, 1998.
2. *Ibid.*

lui-même le nouveau statut du Conseil d'État. D'autres, comme le chef de cabinet du Maréchal, André Lavagne, et le directeur de cabinet de Raphaël Alibert, Pierre de Font-Réaulx, étaient eux aussi issus du Conseil comme de nombreux secrétaires généraux ou directeurs d'importants ministères. Une petite vingtaine en moyenne de conseillers ou de maîtres des requêtes occupaient en permanence des postes importants dans l'administration de Vichy. Sous la III^e^ République, ils étaient moins nombreux, placés en détachement dans des ministères et des cabinets ministériels. Une sacrée revanche...

L'attitude du Conseil d'État sous Vichy reste toujours une plaie ouverte. Ainsi, lors d'un colloque en novembre 1997, le conseiller d'État honoraire et ancien résistant à Londres, Jean Donnedieu de Vabres, est parti en guerre contre les travaux de recherche sur la haute juridiction sous Vichy : « Pendant ces années dramatiques, le Conseil a rempli dignement sa tâche de juge. Conclure, comme il a été fait dans le réquisitoire que nous avons entendu tout à l'heure, qu'il a été un pilier de la Révolution nationale est une contrevérité. » Dans le droit fil de cette volonté d'oubli, le Conseil a très officiellement enterré son devoir de mémoire en concluant à l'irresponsabilité de l'État, dans deux arrêts rendus au début des années 1990. Il concluait aussi dans la foulée à celle de la haute assemblée à raison d'actes iniques commis par le régime de Vichy, décrétés d'autorité « inexistants » en droit !

De fait, un Conseil d'État *bis* avait été créé à Londres, puis transféré à Alger, sous la présidence de René Cassin, juriste, diplomate et gaulliste de la première heure, mais il y a tout de même là une forme de déni persistant.

### *Le Conseil vire de bord*

Dans son discours de juillet 1995 pour commémorer la rafle du Vel d'Hiv, le président Jacques Chirac avait au contraire reconnu la continuité de l'État français sous l'Occupation et donc la responsabilité des autorités dans la déportation de Juifs français. « La France, patrie des Lumières et des droits de l'homme, terre d'accueil et d'asile, avait-il déclaré, la France, ce jour-là, accomplissait l'irréparable. » Six ans plus tard, le 6 avril 2001, l'assemblée du contentieux (formation de jugement la plus élevée du Conseil d'État, présidée par le vice-président) faisait dans cet esprit fort opportunément volte-face en rendant un arrêt décisif. Elle jugeait que l'irresponsabilité de Vichy était caduque et encourageait donc les Juifs victimes à saisir la juridiction administrative.

Un an après, le 12 avril 2002, un nouvel arrêt ordonnait à l'État de prendre en charge la moitié des 720 000 euros d'indemnités accordés par la Cour d'assises aux victimes du préfet Maurice Papon, qui devait, lui, s'acquitter du reste. Mais dans un avis du 16 février 2009, l'institution refermait définitivement la porte. Elle décidait que les poursuites éventuelles en raison de la participation de fonctionnaires de Vichy à un crime contre l'humanité étaient sans objet, car tous les préjudices individuels avaient été réparés. À l'époque, 400 demandes d'indemnisation individuelles étaient encore déposées auprès des tribunaux administratifs par des descendants de déportés...

Couvrir ainsi opportunément certains actes illégaux cache une recette que le Conseil d'État mitonne régulièrement avec un brio et un culot invraisemblables. Il l'illustre lui-même : 80 % des présidents de section, 76 % des conseillers et 70 % des maîtres des requêtes en activité en 1942 ont retrouvé leur place bien au chaud au Palais-Royal à l'été 1945. Auparavant, la haute juridiction s'était vite refait une virginité à peu de frais. Le 1er janvier 1945, 20 de ses 120 membres avaient été révoqués sans pension et 5 mis à la retraite d'office par le ministre de la Justice dans le cadre de l'épuration. Huit de ces révocations furent annulées par le Conseil d'État lui-même, qui était chargé du contentieux général, suite à l'épuration de l'administration[1] !

Certes, la plupart des huit intéressés n'ont jamais réintégré véritablement l'institution, ayant été obligés d'accepter de faire valoir leurs droits à la retraite après avoir été blanchis. Mis à la retraite d'office sans avoir été sanctionné, le vice-président de l'institution sous Vichy, Alfred Porché, recevra même un hommage appuyé de la part du nouveau vice-président du Conseil, le grand résistant

---

1. Jacques Chevallier, *L'Épuration au Conseil d'État*, *op. cit.*

René Cassin, dans son discours d'installation le 23 décembre 1944, en présence du Général. René Cassin avait ainsi voulu se concilier les bonnes grâces de ceux qui avaient fait le dos rond sous Pétain au nom de la « réconciliation nationale » ! Issu du comité juridique d'Alger, un Conseil d'État *bis* conseillait, lui, le gouvernement.

Sous la direction du vice-président René Cassin, les deux pans de la haute juridiction ont été réunifiés, à l'été 1945, par une ordonnance du gouvernement. Ainsi, malgré sa collaboration avec Vichy, le Conseil n'a pas été supprimé ou complètement réorganisé comme le souhaitait le maître des requêtes et lieutenant-colonel Pierre Tissier, premier chef d'état-major du général de Gaulle à Londres en juin 1940. En fait, ce replâtrage de l'institution lui a permis de devenir plus puissante que jamais. Le site du Conseil le reconnaît aujourd'hui : « Grâce au prestige et à l'expérience qu'il avait acquis, René Cassin contribua à accroître les compétences du Conseil d'État dans le domaine législatif en obtenant que soit rendue obligatoire la consultation du Conseil d'État avant l'adoption des projets de lois ou d'ordonnances émanant du gouvernement. »

Petite précision : un peu plus de dix ans plus tard, le groupe de travail chargé de rédiger la Constitution de 1958 était dirigé par le conseiller d'État gaulliste Michel Debré. Tout juste entré, après sa réussite au concours, dans l'institution, celui-ci avait cependant prêté serment au maréchal Pétain comme tous ses collègues, le 19 août 1941, dans les salons de l'hôtel Majestic à Royat.

### *L'affaire Audin, le déni*

Autre zone d'ombre taboue au Conseil d'État : la lutte contre le FLN et plus précisément l'utilisation de la torture et les exécutions extrajudiciaires notamment pendant la bataille d'Alger en 1957. L'affaire Audin a été le plus scandaleux de ces dossiers, où le Palais-Royal a couvert un mensonge d'État. Militant anticolonialiste du PCA (Parti communiste algérien), brillant mathématicien et père de trois enfants, Maurice Audin avait été arrêté à son domicile à Alger, le 11 juin 1957 en pleine nuit, par les parachutistes du général Massu qui le soupçonnaient d'avoir hébergé des terroristes du FLN.

Peu après cette date, il avait disparu (les militaires prétendant qu'il s'était évadé), mais son corps n'a jamais été retrouvé. Son acte de décès sera établi par les autorités algériennes seulement six ans plus tard. Le président de la République François Hollande avait reconnu, en juin 2014, que Maurice Audin avait bien été assassiné lors de sa détention ; apportant un démenti à la version jusque-là officielle, qui avait camouflé son meurtre en accident lors d'une tentative d'évasion.

En fait, Maurice Audin a été exécuté à l'âge de vingt-cinq ans par l'armée française, en juin 1957. Emmanuel Macron s'est rendu, le 13 septembre 2018, à Bagnolet (Seine-Saint-Denis), au domicile de sa veuve pour le lui dire. Et le chef de l'État lui a remis une déclaration solennelle reconnaissant que son époux était mort sous la torture du fait du système institué alors en Algérie par la France. Un assassinat pour lequel le président de la République a demandé pardon à Josette Audin (décédée quatre mois plus tard), qui se battait depuis soixante et un ans pour cette reconnaissance. À défaut de pouvoir reconstituer les circonstances de la mort de son mari, d'en identifier les coupables et de les faire traduire en justice, elle cherchait la vérité et à établir les responsabilités d'une terreur institutionnalisée.

Les lois d'amnistie pour les actes commis pendant la guerre d'Algérie, qu'ils soient du fait du FLN, de l'OAS ou des militaires français, notamment pendant des opérations de police dirigées contre l'insurrection, avaient mis fin définitivement à l'instruction de la plainte déposée par Josette Audin pour enlèvement, séquestration et homicide. La Cour de cassation l'avait officialisé en 1966. Il ne restait plus à la veuve du mathématicien qu'une seule voie de recours juridique, celle du juge administratif. Elle demanda alors la condamnation du ministère de la Justice et de celui des Armées pour faute lourde en réclamant 100 000 francs de dommages et intérêts.

Le 11 janvier 1978, le Conseil d'État statuant au contentieux déboutait Josette Audin de toutes ses demandes. Cette formation de jugement de quinze membres était présidée par le président de la section du contentieux, Claude Heumann, la rapporteure était la future ministre socialiste Nicole Questiaux et le commissaire du gouvernement, le très érudit Bruno Genevois[1]. Pour ne pas condamner l'État, la haute juridiction s'est tout simplement déclarée incompétente pour « juger de la disparition d'une personne arrêtée par l'autorité militaire et placée sous sa garde », un crime qui relève, selon le Code de procédure pénale, exclusivement des tribunaux de l'ordre judiciaire.

Pas question pour le Palais-Royal de renverser la jurisprudence en raison des circonstances très particulières de cette affaire... De sensibilités politiques bien différentes, Claude Heumann et Nicole Questiaux savaient parfaitement que tous les dés étaient pipés dans ce dossier[2].

*Charonne ou la raison d'État*

L'affaire des neuf morts sous les coups de la police à la station de métro Charonne, lors de la manifestation contre les attentats de l'OAS le 8 février 1962, a permis au légitimisme du Conseil d'État de s'exprimer également sans réserves. Certes, ce rassemblement n'avait pas été autorisé. En accord avec le ministre de l'Intérieur Roger Frey, le préfet de police de Paris Maurice Papon avait donné l'ordre de réprimer la manifestation qui a toujours été pacifique, au moment de sa dispersion. La plupart des manifestants ont réussi à

1. Voir chapitre 4.
2. Voir les comptes rendus des arrêts des 1re et 4e chambres réunies de la section du contentieux de 1974 à 1978 sur le site Juricaf.

s'échapper, sauf ceux qui, pris à revers et matraqués dans la bousculade, sont tombés dans les escaliers d'une bouche du métro Charonne. Entassés les uns sur les autres, certains sont morts étouffés sous les grenades lacrymogènes. D'autres n'ont pas survécu après avoir été bombardés par des policiers de grilles de fer.

Comme dans le cas de Maurice Audin, le Conseil d'État a tout fait pour éviter dans ce dossier de prononcer une faute lourde de l'État et de le condamner à payer des dommages et intérêts aux héritiers des neuf manifestants décédés (huit appartenant à la CGT et un au Parti communiste). Et, là aussi, la haute juridiction statuant au contentieux s'est déclarée incompétente, dans son arrêt du 23 février 1968.

Pour cela, le Palais-Royal s'est appuyé sur l'article 116 du Code d'administration communale. En un mot, cette jurisprudence dit que les communes sont responsables des crimes et délits commis lors de manifestation, qu'ils soient dus aux manifestants ou… aux policiers. Conclusion : seule la juridiction judiciaire est compétente. Aveugle devant ce qui était un massacre, le Conseil d'État réduit la tuerie de Charonne à un simple échange de coups entre policiers et manifestants ! L'honneur en a souffert, une fois de plus.

Cette formation de jugement de quinze membres était présidée par le conseiller d'État Raymond Odent, qui avait été nommé maître des requêtes en 1940. Ce président de la section du contentieux de 1967 à 1976 avait fait partie de plusieurs cabinets ministériels avant et après la Seconde Guerre mondiale. Sans la moindre gêne ou pudeur, une salle du

Conseil d'État porte toujours son nom, les audiences de référés s'y déroulent encore aujourd'hui. Son ouvrage de 1 700 pages, *Le Contentieux administratif* (Dalloz), reste toujours une des bibles des étudiants en droit administratif. Image du légitimisme de la maison, Raymond Odent, commandeur de la Légion d'honneur, mort dans son lit, a complètement échappé à tous les changements de régime, étant affecté comme commissaire du gouvernement à la section du contentieux de 1938 à 1951 !

Chargée du dossier à son tour, la cour d'appel de Paris a décidé d'une demi-responsabilité sans faute de la Ville de Paris. Dans les attendus de leur arrêt du 3 décembre 1969, ces magistrats estiment que les manifestants ont toujours eu une attitude pacifique avant d'être chargés par la police dans les escaliers du métro Charonne. Comme pour les Gilets jaunes un demi-siècle plus tard, ils considèrent que, la manifestation ayant été interdite, les manifestants ont commis une faute et pris leurs responsabilités en s'y rendant à leurs risques et périls...

### *Quand le Conseil défiait le Général...*

L'Algérie, encore elle, a bien failli être à l'origine de la mise à mort du Conseil d'État. Le 19 octobre 1962, l'assemblée générale de l'institution statuant au contentieux (la plus haute formation de l'institution) annulait pour excès de pouvoir l'ordonnance du général de Gaulle qui avait créé, le 1er juin 1962, la Cour militaire de justice pour condamner les terroristes de l'OAS. Détenus à la prison de la Santé, les trois requérants, membres de l'OAS (dont un condamné à mort, André Canal) ont gagné en invoquant les principes généraux du droit. Prenant acte du fait que cette Cour militaire de justice excluait tout recours en cassation contre ses décisions, le Conseil d'État a annulé l'ordonnance du 1er juin 1962 instituant cette cour militaire, dont les condamnations devenaient ainsi caduques.

À contre-courant de la bienveillance habituelle du Palais-Royal, cette décision logique sur le plan de la jurisprudence, mais très courageuse sur le plan politique, avait été rendue par les dix-sept membres de l'assemblée générale, dont Raymond Odent. Parmi ceux-ci, une majorité s'était dégagée de justesse, composée pour une part de partisans discrets de l'OAS et pour une autre de conseillers d'État légalistes. C'était un coup de poignard dans le dos du général de Gaulle, neuf jours avant le référendum sur l'élection du président de la République au suffrage universel.

Il n'avait fallu que quelques conseillers antigaullistes viscéraux mélangeant leurs voix à celles de juristes scrupuleux pour que la raison d'État ne l'emporte pas, comme pour le massacre de Charonne. Le coup était d'autant plus rude que conseillers d'État et maîtres des requêtes peuplaient déjà à l'époque le cabinet présidentiel et le secrétariat général du gouvernement.

Tous, y compris le Premier ministre Michel Debré – ancien de la maison –, se sont employés alors assez adroitement à détourner la folle colère du Général, qui voulait retirer une partie de ses attributions au Conseil d'État, révoquer certains de ses membres ou carrément le supprimer[1]. Le seul moyen d'éviter une décision brutale était de charger une commission d'étudier une réforme de la haute juridiction. Sans se méfier, de Gaulle a accepté de confier la présidence de cette commission à un gaulliste affiché qu'il avait en haute estime : le conseiller d'État honoraire Léon Noël, président du Conseil constitutionnel. En réalité, le Général s'est fait circonvenir par les patrons du Palais-Royal, qui avaient poussé leur ami Léon Noël à poser sa candidature. De plus, les membres de la commission étaient uniquement des conseillers d'État et des professeurs de droit public. Ces derniers divinisaient les présidents successifs de la section du contentieux[2] !

Neuf mois plus tard, le 30 juillet 1963, des décrets officialisaient la non-réforme du Conseil d'État, issue du travail de la commission. En fait, les pouvoirs de la haute juridiction étaient renforcés avec la création d'une instance supplémentaire chargée de rédiger des rapports, notamment pour le président de la République. Menacé, le Palais-Royal sortait ainsi renforcé de son conflit avec le Général. Mais le boulet n'était pas passé loin...

---

1. Voir Yves Beauvois, *Léon Noël. De Laval à de Gaulle via Pétain (1888-1987)*, Presses universitaires du Septentrion, 2001.
2. Voir Jean Foyer, « Après l'arrêt Canal. Le général de Gaulle et la non-réforme du Conseil d'État », *La Revue administrative*, n° 349, 2006.

En fait, cette crise a amplifié le sens du devoir du Conseil d'État. Depuis, quand l'exécutif a plaidé les circonstances exceptionnelles pour avoir un soutien de l'institution en matière d'ordre public, celle-ci s'est rarement dérobée.

# Chapitre 17

## Conseiller d'État, un job d'appoint

En contrepartie de leur légitimisme, les membres du Conseil bénéficient d'une prodigieuse liberté. L'utilisent-ils à bon escient ? Pas toujours, mais ils en profitent souvent dans une impunité totale, car rien ne transpire à l'extérieur.

### *Les invisibles*

Tout le monde au Palais-Royal savait qu'il était l'un des principaux collaborateurs du premier secrétaire du PS, ce qui justifiait son absentéisme. Pas question d'insulter l'avenir en remettant ce jeune homme débordé dans le droit chemin ! Pourtant ce major de l'ENA était devenu l'homme invisible. Du 31 mai 1972 au 24 avril 1981, il avait participé à 96 jugements en neuf ans. Soit une moyenne d'un peu plus d'un arrêt par mois.

À quelques jours de l'élection de François Mitterrand, le jeune diplômé – on aura reconnu Jacques Attali – quittera en détachement de longue durée le Conseil, où il ne remettra jamais les pieds, pour occuper le poste de conseiller spécial du président. En juin 1993, ce conseiller d'État en détachement sera obligé de quitter la présidence de la Berd (Banque européenne pour la reconstruction et le développement) après un audit accablant diligenté par les pays actionnaires de cette banque européenne. Placé en disponibilité, Jacques Attali a démissionné du Conseil d'État en 2000. Il n'en avait plus besoin…

Cela dit, la quasi-totalité des conseillers et des maîtres des requêtes ne démissionnent jamais. La haute hiérarchie de leur corps a toujours trouvé un moyen de faire bon usage de leur liberté professionnelle, tout en les récompensant. En effet, la plupart deviennent de véritables artistes des corvées et des ménages[1]. Les corvées sont des activités que les membres du Palais-Royal veulent bien assurer dans des commissions administratives, conseils d'administration d'établissements publics, notamment culturels comme l'Opéra, de ports autonomes, des agences d'État et dans les collèges de certaines autorités administratives indépendantes. La participation y est exceptionnellement obligatoire, non rémunérée, ou mal.

Seul avantage : chaque corvée ou activité dite accessoire permet à son titulaire de conserver son traitement de membre du Conseil, car il n'est pas en détachement ou en disponibilité. Le ministère concerné espère que la présence d'un représentant

1. Voir Jean-Paul Costa, *Le Conseil d'État dans la société contemporaine*, Économica, 1993.

de la haute juridiction, réputé compétent et indépendant, aura des effets positifs sur la crédibilité des travaux de l'organisme qu'il dirige directement ou en sous-main. Le Conseil d'État, lui, ne peut qu'y gagner en influence, à un moment où les postes à la tête du secteur public tendent à se raréfier.

On appelle ménages les activités, bien payées, elles, que l'institution propose à des conseillers qui les exercent à temps complet ou partiel. En remerciement souvent de services rendus au corps, on leur offre la présidence d'un établissement public, d'une agence d'État ou d'une autorité. L'intéressé peut alors bénéficier d'un privilège important : une voiture de fonction avec chauffeur. Appréciable… En effet, sur les 323 membres du Conseil, seuls 7 d'entre eux (les 6 présidents de section et le vice-président) ont droit en permanence à cet avantage.

À coups de ménages et autres corvées, le cumul permet aux plus malins de gagner 2 000 à 5 000 euros de plus… par mois. Seuls quelques initiés sont au courant et le risque reste minime de voir le monde extérieur s'intéresser à ces jobs.

Seule certitude : il faut être dans les petits papiers du vice-président et du secrétaire général pour profiter de cette manne. Chaque membre de la haute juridiction peut cumuler ces corvées sans limite après avoir été nommé par un vote de l'assemblée générale. De plus, les conseils d'administration de nombreuses entreprises publiques ou parapubliques prévoient la présence d'un ou de plusieurs conseillers d'État ou maîtres des requêtes dans leur conseil d'administration. Les conflits d'intérêts peuvent s'y multiplier en toute quiétude. Un jour on fait partie du conseil d'administration d'une entreprise publique et le lendemain on doit juger la même société. À moins que le juge se déporte. Cela se fait parfois, pas toujours, quoi qu'on en dise, sans qu'on puisse le vérifier…

*Corvées, pour ambitieux*

Un homme personnifie certaines facilités contestables. Ce n'est pas un hasard si l'assemblée générale du Conseil d'État l'a désigné, en décembre 2017, pour être l'un des deux représentants de l'institution au sein de la HATVP. Le mois précédent, Nicolas Boulouis, conseiller d'État jovial de 57 ans aux yeux fureteurs et à l'air sûr de lui, avait été également nommé président adjoint de la section de l'administration. Difficile pourtant d'y apprécier son travail puisque les membres de cette section consultative rédigent leurs avis au gouvernement de manière collégiale et anonyme.

En revanche, il s'était signalé par des cadences de travail élevées à la section du contentieux comme rapporteur, puis rapporteur public, de février 2002 à juillet 2012. Il y a participé à 1 401 jugements, atteignant ainsi une moyenne extraordinaire de plus de 11 jugements par mois[1] ! Record absolu en la matière au Palais-Royal, qu'il détient derrière Sylvie Hubac, qui a réalisé la même performance mais sur une plus longue période. Il est vrai que Nicolas Boulouis ne pouvait décevoir son parrain au Conseil d'État, Jean-Marc Sauvé, vice-président de 2006 à 2018. Dès son arrivée comme secrétaire général du gouvernement à partir de 1995, ce dernier l'avait pris comme directeur de cabinet, alors qu'il n'était à l'époque qu'administrateur civil hors classe.

Six ans plus tard, en avril 2000, le président de la République Jacques Chirac le nommait enfin au tour extérieur maître des requêtes au Conseil d'État. Membre de la promotion Fernand Braudel à l'ENA en 1987, il n'était pas sorti dans les quinze premiers, mais avait bien rattrapé le temps perdu. Son salaire au Conseil d'État (12 110 euros net mensuels) et ses dix activités accessoires à l'extérieur (pour un total de 3 685 euros net mensuels) lui procuraient un revenu total de 15 795 euros net par mois. À ce montant, il fallait ajouter une indemnité de 400 euros net par mois au minimum qui lui était versée par la HATVP pour l'assistance tous les quinze jours à une demi-journée de réunion de cet organisme. À quelques dizaines d'euros près, ce simple conseiller d'État gagnait presque autant que le vice-président du Conseil d'État et plus que… le président de la République.

1. Selon les statistiques établies par Juricaf.

Parmi toutes ces activités, le conseiller d'État en exerçait une seule sans toucher le moindre centime, comme administrateur de Météo France. Il y avait été nommé en 2012, choisi en raison de ses compétences selon le *Journal officiel*. On ne voit pas très bien lesquelles... Une certitude : il s'y trouvait dans une curieuse position. En effet, il était non seulement administrateur de Météo France, mais également président de la commission des achats de cet établissement public administratif.

Plus étonnant encore : il exerçait les fonctions de conseil juridique auprès de deux entreprises publiques et d'une assemblée consultative de la République : les Voies navigables de France (949 euros net par mois), la Société du Grand Paris (364 euros net mensuels) et le Conseil économique, social et environnemental (469 euros net mensuels). Nicolas Boulouis a mis fin immédiatement à ces deux dernières activités dès son arrivée à la HATVP. C'eût été un drôle de mélange des genres pour un déontologue en chef de la fonction publique et des Assemblées, à peine nommé à la haute autorité chargée de moraliser la vie politique ! Toutefois, bien qu'élu pour six ans, Nicolas Boulouis a démissionné de ses fonctions au bout seulement de quinze mois, en février 2019.

Le niveau exceptionnel de la rémunération des conseillers d'État détenteurs de corvées et autres ménages est à rapprocher de la rémunération des 150 hauts cadres de Bercy qui gagnent plus de 12 500 euros brut mensuels.

Aujourd'hui, les deux irréprochables représentants du Palais-Royal à la HATVP peuvent s'y consacrer sans réserve. Ils sont tous les deux à la retraite. Le conseiller d'État honoraire et ancien président de la section de l'administration Bernard Pêcheur, soixante-neuf ans, a remplacé, en mai 2019, Nicolas Boulouis comme membre de la HATVP. Les plus hautes autorités du Palais-Royal ont choisi cette fois, avec lui, une figure emblématique, ancien conseiller de Laurent Fabius et de François Mitterrand. La conseillère d'État désormais honoraire Odile Piérart était, elle, à l'époque présidente de la mission permanente d'inspection des juridictions administratives. Elle n'avait, quant à elle, que quelques activités dites accessoires liées à ses fonctions au Conseil d'État : membre de la commission de déontologie des personnels militaires, de celle du personnel du Sénat et de jurys de concours universitaires ainsi que de recrutement de fonctionnaires. Une personnalité très respectée du Palais-Royal.

Il existe aussi des corvées qui posent question par leur fonctionnement. Par exemple : le Conseil supérieur de l'agence France-Presse, dirigé depuis 2015 par la présidente de la 7e chambre de la section du contentieux, Christine Maugüé, cinquante-cinq ans, mariée à Bernard Rullier, ex-conseiller parlementaire à l'Élysée de François Hollande, pour… 190 euros brut par trimestre ! Pour la même somme, la maître des requêtes Aurélie Bretonneau (directrice des affaires juridiques au ministère de la Transition écologique), trente-huit ans, y assume les fonctions de secrétaire générale et instruit à ce titre les dossiers. Les fonctions de ce Conseil : répertorier les infractions de l'AFP en matière d'impartialité et d'exactitude (dénoncées par des usagers ou les syndicats de l'agence), les sanctionner et adresser des observations au P-DG de l'agence sur sa gestion et son indépendance. Le statut du Conseil supérieur précise que son président et son secrétaire général sont des conseillers d'État, élus par l'assemblée générale pour cinq ans.

Deux fois par an, le Conseil supérieur de l'AFP se réunit dans les locaux du Conseil d'État sans avoir à payer le moindre loyer. Quant aux dépenses de cet organisme, elles sont prises en charge par l'AFP. Le Palais-Royal n'a jamais rien trouvé à redire à cette situation rocambolesque, pas plus que le patron de l'AFP. Le monde de l'entre-soi et la logique du consensus expliquent que le Conseil supérieur n'a jamais pris la moindre sanction, même quand l'AFP a annoncé par erreur la mort de Martin Bouygues ! Pourtant, c'est un secret de polichinelle : le journaliste auteur de cette bavure avait reconnu son erreur devant sa hiérarchie.

## *Un couple d'État*

Le Conseil a fait de l'Autorité de contrôle des nuisances aéroportuaires (Acnusa) une place forte des juridictions administratives, imposant à sa tête un président issu de ce corps[1] depuis 2006 et jusqu'en 2018. Le salaire du président de cette autorité, près de 10 000 euros brut mensuels, représentait 7,83 % de son budget[2]. Son collège est toujours composé de neuf membres, trois d'entre eux (dont le président) sont nommés pour une période de six ans par le président de la République et les présidents des deux Chambres, les six autres par les ministères compétents.

Président jusqu'en 2018 de l'Acnusa et du corps des magistrats de tribunaux administratifs et cours administratives d'appel, Victor Haïm s'en explique sans la moindre gêne : « Le Conseil d'État m'a contacté pour que je présente ma candidature à la présidence de l'Acnusa. » Nommé officiellement par le président de la République et placé en détachement à plein temps, Victor Haïm y gagnait 9 688 euros brut mensuels sans pouvoir cumuler ce revenu avec son salaire de magistrat administratif. En avril 2012, il avait succédé à Patricia Lemoyne de Forges (en poste depuis 2006), présidente honoraire depuis 2011 du corps des tribunaux et cours administratives d'appel.

Le mari de celle-ci, Jean-Michel Lemoyne de Forges, soixante-quatorze ans, vice-président du Tribunal suprême de Monaco, ancien enseignant adoré par ses élèves à la faculté de droit d'Assas,

1. Voir l'audition de Victor Haïm par la commission du développement durable et de l'aménagement du territoire de l'Assemblée nationale, 4 avril 2012.

2. Voir Samuel-Frédéric Servière, « Comités Théodule et autorités administratives : poursuivre les fusions », site de la fondation Ifrap, 24 janvier 2019.

a été le pionnier dans l'Hexagone en matière de responsabilité médicale des hôpitaux publics. En tant que consultant légalement rémunéré par des avocats accrédités au Conseil d'État et à la Cour de cassation, il a participé aux premières affaires ayant entraîné la condamnation d'hôpitaux publics pour erreur médicale, par la 5e chambre de la section du contentieux.

Soucieux de faire nommer à la HATVP ce juriste notoirement libéral en matière de déontologie, le président du Sénat Gérard Larcher avait proposé sa candidature, comme la loi le lui en donne le droit. À une voix près, ce magistrat a vu sa candidature rejetée par la commission des lois du Sénat, le 19 mai 2015, à l'issue de son incroyable audition le même jour.

Devant 38 sénateurs médusés, ce jour-là, l'intéressé (qui cumule ses pensions de retraite d'avocat et de professeur de droit public, ainsi que ses revenus de consultant) a expliqué, très à l'aise, qu'il n'entendait pas du tout démissionner de son poste, en cas de nomination à la HATVP : « Ma fonction de vice-président du Tribunal suprême de Monaco est intellectuellement stimulante, car le droit y est très spécifique. Financièrement, elle rapporte environ 10 000 euros par an. Nous siégeons trois ou quatre fois par an, pendant deux jours. Je suis surpris qu'on envisage que le mandat de membre du collège de la Haute Autorité pour la transparence de la vie publique soit exclusif de toute autre activité. Cette fonction est quasiment bénévole ! La séance est indemnisée 200 euros, avec un plafond annuel de 7 500 euros. En outre, je ne vois pas quel conflit d'intérêts pourrait exister avec le Tribunal suprême de Monaco. »

Interrogé sur sa conception de la déontologie par le sénateur Pierre-Yves Collombat (à l'époque au PS), Jean-Michel Lemoyne de Forges a encore aggravé son cas : « À un moment, l'exercice risque de frôler le ridicule. Il ne faut pas abuser de la transparence. Pour préciser l'esprit dans lequel j'aborderais ces fonctions, compte tenu de tout ce que j'ai appris, je pense qu'on ne peut pas travailler si on ne part pas du postulat que les gens sont de bonne foi. On peut dialoguer, discuter, mais l'objectif n'est pas de jouer les chevaliers blancs à tout prix. »

On est entre la farce et la comédie de boulevard.

# Chapitre 18

## Les autorités administratives dépendantes

Les corvées et autres ménages permettent donc aux éminences du Palais-Royal d'avoir des perspectives d'activités lucratives, même si elles ne sont pas toujours valorisantes. Cependant, dans un monde ultraconcurrentiel, le secteur public et administratif se réduit comme peau de chagrin et diminue le nombre de ces opportunités. Aussi, les autorités administratives indépendantes ont pris le relais pour ceux qui se sont lassés du Conseil. Créées par le législateur, ces ovnis sont de bien curieuses institutions, chargées de missions spécifiques pour réglementer la concurrence dans des secteurs vitaux de l'économie, où régnaient sans partage le plus souvent d'anciens monopoles. Les Français ne peuvent se passer de ces nouveaux groupes repeints aux couleurs de la libre entreprise dans les transports ferroviaires, la fourniture de gaz et d'électricité, le réseau autoroutier, téléphonique, la télévision, les radios, Internet, la poste…

Dans le cadre d'un droit qui n'impose plus, mais est incitatif, ces autorités ont des pouvoirs dans tous ces secteurs, tout à la fois de décision, de recommandation ou d'avis et pour certaines de sanction. En quasi-totalité, elles sont financées par le budget de l'État et agissent en son nom, tout en s'affirmant indépendantes. Enfin, certaines autorités doivent assurer l'impartialité des décisions publiques et remédier aux dysfonctionnements de l'administration. Le but fixé est-il atteint ?

### *Sept présidences sur vingt-six*

Ces démembrements de l'État sont une véritable Terre promise pour les pensionnaires ambitieux du Palais-Royal, soucieux de décrocher les postes les mieux rémunérés et les plus prometteurs. En 2018, sur les 323 membres de l'institution, une vingtaine exerçaient des fonctions dans ces autorités[1]. Les autres membres travaillant à l'extérieur occupaient, toujours en 2018, 28 ménages dans les administrations, 13 dans des entreprises ou organismes publics, tandis qu'un groupe d'ambitieux tout aussi nombreux pantouflaient dans le privé. Les statistiques à propos des corvées et ménages ne sont pas publiques.

Trois ans plus tôt, au 1er septembre 2015, sur 42 personnes assurant la présidence d'une

1. Rapport du sénateur Pierre-Yves Collombat, commission d'enquête sur la haute fonction publique, 4 octobre 2018.

autorité administrative indépendante (AAI), 14 étaient issues du Conseil d'État, 7 de la Cour des comptes, 3 de la Cour de cassation et une de l'Inspection générale des finances[1]. Pour cause de manque d'efficacité et après avoir décidé de la fusion de quatre d'entre elles, le législateur a donné, le 20 janvier 2017, un coup de balai. De 42, elles n'étaient plus que 26. Résultat : sur les 26 autorités restantes, en 2018, 7 étaient encore présidées par des conseillers d'État qui surclassaient encore leurs collègues des autres grands corps, la Cour des comptes et l'Inspection générale des finances.

Sur ces 7 conseillers d'État, 5 sont en même temps à la retraite : le doyen Jacques Toubon, 78 ans, Défenseur des droits ; Dominique Laurent, 67 ans, AFLD (Autorité française de lutte contre le dopage) ; Marc Dandelot, 69 ans, Commission pour l'accès aux documents administratifs (Cada) ; Francis Delon, 69 ans, Commission nationale de contrôle des techniques de renseignement (CNCTR) ; Isabelle de Silva, 49 ans, Autorité de la concurrence ; Alain Christnacht, 72 ans, Commission d'indemnisation des victimes des essais nucléaires (Civen) et Marie-Laure Denis, 52 ans, Commission nationale informatique et liberté (Cnil).

L'histoire du Conseil d'État et l'organisation de ces autorités expliquent cette suprématie. À

1. Rapport du sénateur Jacques Mézard, « Un État dans l'État », 28 octobre 2015.

l'exception de trois d'entre elles, où un médiateur travaille sans collège, la composition des vingt-trois autres est collégiale (de 8 à 25 membres), sous l'autorité d'un président élu en leur sein ou le plus souvent choisi par le président de la République après l'accord des deux Assemblées. Nommés pour un mandat de trois à six ans renouvelable une fois, les membres de chaque collège sont désignés par le Conseil d'État, la Cour des comptes et la Cour de cassation, le Sénat, l'Assemblée nationale et différents organismes professionnels ou associations.

La prépondérance du Conseil d'État tient à la puissance de son réseau – incarné en partie par le SGG installé à Matignon. Ses seuls vrais concurrents pour noyauter l'administration, les autres grands corps, n'ont jamais eu la même culture, historiquement parlant. Jusqu'en 1945, l'Inspection générale des finances est restée un corps purement technique de même que celui des polytechniciens. Quant à la Cour des comptes, elle a eu toujours intérêt à se faire discrète ; ses jugements étaient susceptibles d'aller en cassation devant le Conseil d'État.

## *Salaires du privé... dans l'État*

Le patron d'une autorité reçoit un des plus hauts traitements de la fonction publique : jusqu'à l'échelon G, dit hors échelle (HE), soit 7 000 euros brut par mois. À quoi il faut ajouter une indemnité de fonction forfaitaire mensuelle pouvant aller jusqu'à 9 000 euros brut mensuels, une somme attribuée de manière régalienne et discrétionnaire par le ministre du Budget. C'est le prix de l'indépendance du Conseil d'État, sans nul doute pour une prime versée officiellement en récompense de l'efficacité de ces autorités et pour éloigner toute forme de corruption. Ce traitement ajouté à l'indemnité forfaitaire représentait pour un président d'autorité, en 2018, un revenu brut mensuel s'échelonnant entre 10 000 euros et jusqu'à un peu plus de 16 000 euros.

Jusqu'au 28 octobre 2015, date du dépôt de son rapport par le rapporteur de la commission d'enquête du Sénat sur les autorités, le courageux et sanguin sénateur radical de gauche Jacques Mézard, on ne savait rien de tout cela. Cet ancien ministre du président Macron, aujourd'hui membre du Conseil constitutionnel, était excédé de voir les journalistes s'en prendre surtout aux privilèges des sénateurs. Il avait décidé d'essayer de changer les choses et de braquer les projecteurs des médias sur les avantages en tous genres des grands corps et tout particulièrement du Conseil d'État. Ce qui était d'autant plus méritoire, car Jacques Mézard était à l'époque membre de la commission des lois du Sénat, présidée par le sénateur et conseiller d'État Philippe Bas !... Avant la publication de son rapport, le traitement des dirigeants de ces autorités relevait d'une sorte de secret défense.

Aujourd'hui, leurs revenus sont moins opaques. Pourtant, les déclarations d'intérêts des membres des autorités ne sont toujours pas publiées depuis 2013 par la Haute Autorité pour la transparence de la vie publique. Le Conseil constitutionnel a opportunément considéré que les déclarations d'intérêts des personnes non élues ne devaient pas être rendues publiques. Cette décision n'a pu être prise sans l'accord d'un inconnu doté d'un réel pouvoir, le secrétaire général du Conseil constitutionnel, à l'époque le conseiller d'État Marc Guillaume.

En fait, le Conseil constitutionnel dépend en partie du Conseil en matière d'expertise juridique. Explication : une bonne partie des 9 membres du Conseil constitutionnel sont d'anciens responsables politiques (3 aujourd'hui) dépourvus de compétences juridiques particulières. De plus, l'actuel président du Conseil constitutionnel, Laurent Fabius, est lui-même conseiller d'État, comme un autre membre, Michel Pinault ! En l'absence d'assistants ou de cabinets d'experts comme en ont par exemple les juges de la Cour suprême des États-Unis, les membres du Conseil constitutionnel sont obligés de se reposer sur d'autres juristes.

## *Sinécures d'une noblesse d'État*

Les montants élevés et encore peu connus des salaires[1] alloués aux présidents des autorités ne

1. Comme l'a montré la polémique sur le salaire de Chantal Jouanno, ancienne préfète, présidente de la CNDP (Commission nationale du débat public).

sont que la partie apparente d'un iceberg dissimulant des mœurs légales, mais édifiantes. Bien sûr, l'habitude a été vite prise par ces dirigeants de recruter leurs plus proches collaborateurs permanents ou occasionnels, en pêchant de préférence dans le vivier de la haute juridiction. Un secrétaire, un directeur général ou encore un directeur de cabinet du président d'une autorité est ainsi rétribué entre 7 000 et 10 000 euros brut mensuels.

Plus troublant : certains membres des collèges de ces autorités (le plus souvent les meilleurs spécialistes du sujet et qui ont un emploi par ailleurs) gagnent des sommes ridicules par rapport à chaque président et vice-président. Or ce sont pourtant eux qui font le job… Il aurait été beaucoup plus cohérent de rémunérer l'ensemble des membres de chaque collège de la même manière pour mieux répartir ce qui est parfois un vrai gâteau. Car beaucoup de ces présidences sont de discrètes sinécures que s'accorde une noblesse d'État. La loi du 20 janvier 2017 a permis à ces organismes d'autoréguler complètement leur fonctionnement, notamment en matière de rémunérations de leurs membres, qu'ils soient contractuels ou fonctionnaires en détachement.

Prenons l'exemple le plus caricatural et choquant : celui de l'Autorité de la concurrence, qui reste sans conteste la plus puissante des vingt-six autorités. Sa présidente, la conseillère d'État Isabelle de Silva, quarante-neuf ans, gagne 16 204 euros brut mensuels, ses cinq vice-présidents permanents 10 835 euros brut par mois chacun. Il ne reste que des miettes pour les quinze membres du collège de l'autorité (tous non permanents), payés en moyenne 361 euros brut par mois chacun selon des documents officiels[1] ! Ces quinze spécialistes tous réputés dans leur domaine professionnel travaillent donc pour le roi de Prusse. Question de panache, de sens de l'État, selon leur entourage.

## *Privilèges de nababs*

Mais certains font encore plus fort. Sans être placés en détachement, ces surhommes ont cumulé leur mandat de président à mi-temps d'une autorité avec leurs activités dans les sections du Conseil d'État, puis sans doute plus facilement avec une pension de retraite de l'institution. Voici la liste[2] des bénéficiaires, encore aujourd'hui, de ces compléments de salaires non négligeables. La conseillère d'État honoraire Dominique Laurent touche 1 995 euros brut mensuels à l'AFLD (Agence française de lutte contre le dopage) ; Maryvonne de Saint-Pulgent, présidente de section honoraire au Palais-Royal, est rémunérée 1 500 euros à l'ARDP (Autorité de la régulation et de la distribution de la presse) ; Marc Dandelot, conseiller d'État honoraire, est rétribué 3 400 euros brut mensuels

1. Voir l'annexe au projet de loi de finances (PLF) 2018 qui donne toutes ces rémunérations en page 26.

2. L'annexe au projet de loi de finances (PLF) 2018 permet de prendre connaissance des niveaux de rémunération des présidents d'AAI.

à la Cada (Commission d'accès aux documents administratifs).

Et il y a mieux. Les conseillers d'État honoraires peuvent cumuler légalement leur traitement de président d'autorité, à plein temps, avec leur retraite ! Était dans ce cas l'ancien président du CSA (Conseil supérieur de l'audiovisuel) jusqu'en janvier 2019, Olivier Schrameck. Alors qu'il était déjà président du CSA depuis janvier 2013, ce dernier avait pris sa retraite à compter du 28 février 2016. À partir de cette date et jusqu'en janvier 2019, il a cumulé son salaire brut mensuel de président du CSA (15 666 euros) avec sa retraite d'ancien président de section au Conseil d'État (8 000 euros brut par mois)[1]. Soit un revenu brut de près de 24 000 euros mensuels. En détachement tout en étant à la retraite (!), le conseiller gagnait nettement plus que son ancien supérieur hiérarchique, le vice-président du Conseil d'État Jean-Marc Sauvé.

Deuxième exemple : Francis Delon avait été nommé, en octobre 2015, président de la Commission nationale de contrôle des techniques de renseignement (CNCTR) par le président de la République avant d'être admis à la retraite du Conseil d'État, à l'âge de soixante-huit ans, le 27 décembre 2018. Depuis cette date, il cumule sa retraite du Palais-Royal (6 000 euros brut mensuels)

1. Voir le rapport de la Cour des comptes, « Autorités administratives et publiques indépendantes : politiques et pratiques de rémunérations (2011-2016) », décembre 2017.

et ses émoluments de président de la CNCTR (14 180 euros brut par mois)[1]. Soit un revenu de 20 180 euros brut mensuels.

Ces deux sages n'ont jamais envisagé de différer le paiement de leur pension de retraite à l'exemple de plusieurs autres hauts fonctionnaires. Ils ne font qu'appliquer les préceptes du Palais-Royal. En effet, la limite d'âge maximum des fonctionnaires et des agents contractuels de droit public s'échelonne de 65 à 68 ans, sauf pour les membres des collèges d'une autorité. Ainsi en a décidé le Conseil d'État par la décision de son assemblée du 7 juillet 1989.

Encore une fois, on n'est jamais aussi bien servi que par soi-même… À la retraite, en activité ou en détachement, il est de bon ton d'accumuler discrètement le maximum d'activités légales extérieures au Conseil d'État. C'est le vice-président et le bureau qui décident de tout cela dans une certaine opacité… Au nom de l'indépendance de ces organismes, leur masse financière provenant quasi exclusivement de subventions de l'État n'est pas soumise à un contrôle budgétaire classique. Une belle dérogation à la règle.

Qu'est-ce qui justifie ce traitement hors normes ? C'est la théorie de l'apparence de l'indépendance, comme on dit place du Palais-Royal. En quelque sorte la légitimité d'une Haute Autorité est validée par sa pureté originelle : puisque les conseillers d'État sont indépendants et impartiaux par

1. *Ibid.*

définition, les autorités qu'ils dirigent ne peuvent qu'être indépendantes...

La Cnil est chargée d'une mission essentielle dans notre monde du tout-numérique : veiller à la protection des données personnelles des Français face aux géants de l'Internet. Elle a infligé une amende de 50 millions d'euros à Google, pour ne pas avoir informé suffisamment clairement ses utilisateurs sur l'exploitation de leurs données personnelles, et une autre de 250 000 euros au groupe Bouygues Telecom pour avoir manqué à son obligation de sécurisation des données personnelles de certains de ses clients.

Trois sur huit des présidents de la Cnil (créée en 1978), dont les deux derniers, ont été justement des sages du Palais-Royal. Les dix présidents successifs de l'Autorité de la concurrence (fondée en 1953 sous un autre nom) sont passés par le même cursus. La prépondérance du Conseil d'État à la tête de ces deux autorités masque en réalité une implication de plus en plus importante des présidents de la République, qui nomment dorénavant directement ces deux présidents, en lieu et place de leur collège (pour la Cnil Emmanuel Macron vient de le décider par une ordonnance du 12 décembre 2018). L'indépendance de ces deux autorités va-t-elle en souffrir ?

L'Autorité de la concurrence (ALC) remplit, elle, une autre mission cruciale : passer de la notion d'État providence à celle d'État régulateur de l'intérêt général en économie de marché, c'est-à-dire arbitrer la concurrence dans le droit fil des directives européennes. Au nom bien sûr d'un intérêt général défini par le Conseil.

Le vice-président actuel du Conseil d'État, Bruno Lasserre, avait joué les prolongations à la tête de l'Autorité de la concurrence de 2004 à 2016. Pendant ces douze années, il a incarné le droit de la concurrence, transformant un Conseil de la concurrence peu médiatique en une autorité reconnue avec 5,8 milliards d'euros d'amendes infligées en douze ans. Oubliés, le sacerdoce abstrait et solitaire de la section du contentieux ou la publication d'avis aux gouvernements qui passent inaperçus.

Ce discret conseiller d'État s'est placé sous les projecteurs des médias et a ainsi distribué 1,25 milliard d'euros d'amendes rien qu'en 2015. Dans son domaine de prédilection, les télécommunications (il a longtemps travaillé en détachement au ministère des PTT), Bruno Lasserre a infligé, en 2005, une amende record de 534 millions d'euros aux trois grands opérateurs téléphoniques reconnus coupables d'entente. Il ne faut pas se fier à son air bonhomme, ce haut fonctionnaire a prouvé son indépendance tant envers les gouvernements de l'époque que vis-à-vis des milieux d'affaires. Mais il a aussi utilisé des méthodes musclées pour repérer les ententes… comme celles du fisc ou des Douanes. Tout ça ne faisait pas de cette Autorité un laboratoire du droit !

Un seul bémol : sous le règne de Bruno Lasserre, puis sous celui de la conseillère d'État Isabelle de Silva, l'ALC a peu enquêté sur le manque de concurrence très visible dans le monde de la distribution de l'eau, de la collecte des ordures ménagères et sur les marchés publics des deux départements corses... Elle n'a prononcé qu'une seule condamnation en la matière, infligeant, en 2005, dans l'Essonne 400 000 euros d'amende à Suez, l'un des trois champions français de l'eau. Les collectivités locales ne saisissent pas l'autorité, qui ne les sollicite guère, il est vrai, pour enquêter sur ces dossiers politiquement délicats et minés par les conflits d'intérêts.

Un autre dossier illustre bien l'ambiguïté des relations entre le Conseil d'État et toutes ces autorités. Celui-ci remonte à une caméra cachée diffusée dans une émission animée par Cyril Hanouna. Le CSA avait estimé en juin 2017 que C8, une chaîne de la galaxie Vivendi-Canal+, avait méconnu son « obligation de faire preuve de retenue » et avait alors interdit l'émission « Touche pas à mon poste » de publicité. Une sanction très sévère.

Le Conseil d'État a finalement jugé le 13 novembre 2019 que cette décision illégale constituait une faute... du CSA.

La cause de cet affront infligé au régulateur ? Ayant perdu cette présidence au profit de la Cour des comptes, la haute juridiction ne regarde plus le CSA avec les yeux de Chimène... Et puis, c'est la deuxième raison, le Conseil d'État a voulu donner une leçon de droit et prouver son éternelle jeunesse aux beaux esprits du CSA, et peut-être même à son ancien président, Olivier Schrameck !

Il reste que le bilan de ce système de contrôle est globalement positif mais peut être amélioré...

# Chapitre 19

## Le sens de l'honneur

Aujourd'hui, la plupart des jeunes auditeurs au Conseil d'État ne manquent pas de charme, d'intelligence et de capacités de travail. Mais la haute idée de leur mission, s'ils ne l'avaient pas en entrant, ils l'acquièrent promptement. Résultat ? Un sentiment de supériorité qui gâche souvent leur excellence. Nombreux sont ceux que nous avons rencontrés, écoutés ou lus, qui laissent filtrer l'absence du moindre doute, l'impatience de se voir reconnaître un rang. L'obsession aussi d'accumuler les titres pour devenir des emblèmes de la réussite.

Dans aucune autre enceinte professionnelle, en tout cas dans l'administration, sinon peut-être à l'Inspection générale des finances, ne s'exerce de façon aussi constante un chantage à la performance, et ce qu'on appelle ici performance n'est pas seulement celle de la statistique.

La performance, c'est aussi le conformisme social le plus plat se drapant dans les oripeaux de l'audace juridique, le progressisme le plus sincère s'inclinant quotidiennement devant l'argument péremptoire du précédent jurisprudentiel ou celui de la bonne administration présumée. Tous ces arguments ne servent en fait que de paravent à un conservatisme doublé d'une ignorance persistante des préoccupations, des réactions, bref de la vie quotidienne des Français, tout simplement. Le Conseil vit dans une bulle.

Les vice-présidents successifs du Palais-Royal (y compris Jean-Marc Sauvé qui avait été séminariste) et les hauts dignitaires encouragent ce qu'il faut bien appeler une certaine arrogance. Pourtant, l'institution a aussi sa face cachée, tantôt noire tantôt lumineuse.

### *Des figures et l'aide aux immigrés*

Étienne Burin des Roziers, diplomate et ancien secrétaire général de l'Élysée sous de Gaulle (de 1962 à 1967), incarnait ainsi parfaitement la Maison : l'homme se passionnait pour le droit des étrangers. Nommé par le président Valéry Giscard d'Estaing au Conseil d'État en 1975, il ne s'est pas contenté de siéger comme rapporteur aux 3^e^ et 5^e^ sous-sections du contentieux pour y traiter pendant quelques années, entre autres, de cette question.

Comme le racontent aujourd'hui ses anciens collègues, l'ex-ambassadeur de France à Varsovie et à Rome consacrait discrètement une bonne partie de son temps à aider les associations de migrants, intervenant dans les bidonvilles, obtenant l'asile pour ceux qui faisaient appel à lui… Ce pensionnaire atypique du Palais-Royal avait été sensibilisé aux problèmes de l'immigration par son neveu Jean, un père dominicain qui y a consacré sa vie.

Sous le régime de Vichy, deux conseillers d'État en détachement auprès du ministère du Travail, Pierre Laroque et son ami Alexandre Parodi, ont écrit un rapport proposant d'imposer à tous les salariés un système unique d'assurances sociales, qui existait déjà partiellement. Le gouvernement de Vichy a vite enterré leur document, se méfiant d'un système à ses yeux dangereusement collectiviste !

Pierre Laroque, révoqué en octobre 1940 pour ses origines juives, et Alexandre Parodi, entré dans la clandestinité en 1943, ont obtenu de De Gaulle et des communistes à la Libération ce que Pétain leur avait refusé. Ces deux amis sont à l'origine des ordonnances sur la Sécurité sociale promulguées en octobre 1945. Gaulliste de premier plan, Alexandre Parodi (futur vice-président du Conseil d'État) était alors ministre du Travail du Général ; Pierre Laroque, lui, a développé un plan (santé, maladie, vieillesse et famille) qui répondait à ses préoccupations idéologiques. Ce conseiller d'État était convaincu que les politiques sociales ne pouvaient prospérer que par la participation des intéressés à la gestion d'un organisme unique et obligatoire. Ce qui fut au début un échec. Plusieurs organismes de Sécurité sociale ont été alors mis en place. Pierre Laroque est retourné travailler au Conseil en 1951, avant de finir sa carrière dans les années 1960 comme président de la section sociale, qui conseille le gouvernement en la matière.

En sa qualité de président-adjoint de la section du contentieux, cet homme pondéré a fait preuve d'un grand courage, le 19 octobre 1962, lors de l'assemblée générale du Conseil d'État statuant au contentieux, la plus haute formation de l'institution, lorsqu'elle a annulé pour excès de pouvoir l'ordonnance du Général qui avait créé, le 1er juin 1962, la Cour militaire de justice pour condamner les terroristes de l'OAS. Son ami le vice-président du Conseil d'État, Alexandre Parodi, présidait ce jour-là l'assemblée générale...

### *Torture à Alger*

Depuis sa mise à la retraite à sa demande en 1979 (il est décédé en 1991), le témoin capital de la torture en Algérie et de la disparition de Maurice Audin durant la bataille d'Alger était maître des requêtes au Conseil d'État. Ancien avocat à Lunéville, puis à Riom sous Vichy, résistant dès 1940, torturé par la Gestapo, puis déporté à Dachau, Paul Teitgen n'avait pas réussi du premier coup à intégrer le Conseil d'État, son rêve, à sa sortie de la première promotion de l'ENA (France combattante).

Son mauvais classement de sortie le condamnait à embrasser le statut d'administrateur civil et donc à se contenter de postes de secrétaire général de préfecture. Le 20 août 1956, deux ans après le début de l'insurrection en Algérie, ce haut fonctionnaire acceptait un poste plus important, mais combien délicat, celui de secrétaire général de la préfecture d'Alger, chargé plus spécialement des affaires de police. Et le 7 janvier 1957, le gouvernement socialiste de Guy Mollet donnait les pleins pouvoirs de police et de justice à l'armée pour faire cesser les attentats commis par le FLN à Alger. Il utilisait pour cela la loi sur les pouvoirs spéciaux, votée sur sa demande en mars 1956.

Bien connu pour son attachement aux droits de l'homme et sa foi chrétienne intransigeante, Paul Teitgen représentait alors le seul contrôle civil des arrestations effectuées par les 8 000 parachutistes lancés dans la bataille d'Alger. En effet, ses deux supérieurs, le préfet d'Alger Serge Baret et le socialiste Robert Lacoste, ministre résidant en Algérie, avaient donné carte blanche aux militaires.

Après avoir torturé un suspect, les parachutistes étaient cependant obligés de faire signer à Paul Teitgen une sorte de décharge, sous la forme d'une autorisation d'assigner à résidence l'intéressé dans un centre dit d'hébergement contrôlé par l'armée[1].

Le 12 mars 1957, dans une lettre adressée à Robert Lacoste, Paul Teitgen demandait à être relevé de ses fonctions. Dans cette missive publiée trois ans plus tard par *Le Monde*, le haut fonctionnaire demandait à ne plus couvrir des « crimes de guerre » qu'il comparait indirectement à ceux des nazis : « J'ai accepté de signer et de revêtir de mon nom jusqu'à ce jour près de deux mille arrêtés

1. Voir Fabrice Riceputi, « Paul Teitgen et la terreur coloniale. Une trahison républicaine », *20 & 21. Revue d'histoire*, n° 142, 1er semestre 2019.

d'assignation à résidence dans ces centres [...]. Je ne pouvais croire, ce faisant, que je régulariserais indirectement des interrogatoires indignes, dont au préalable certains assignés avaient été les victimes. Si je n'ignorais pas qu'au cours de certains interrogatoires des individus étaient morts sous la torture, j'ignorais qu'à la villa Sésini, par exemple, ces interrogatoires scandaleux étaient menés, au nom de mon pays et de mon armée, par le soldat de 1re classe F., sujet allemand engagé dans le 1er REP, et que celui-ci osait avouer aux détenus qu'il se vengeait ainsi de la victoire de la France en 1945. »

Robert Lacoste avait refusé la démission du secrétaire général de la préfecture, qu'il n'acceptera que le 24 septembre suivant ; une fois la bataille d'Alger gagnée par les parachutistes. Paul Teitgen dira avoir signé en tout 24 000 assignations à résidence de suspects. Les militaires ne pouvaient pas expliquer la « disparition » de 3 024 de ces assignés à résidence, en dehors de ceux remis en liberté, internés ou réellement évadés. En clair, ils étaient morts sous la torture (eau ou électricité) ou exécutés, car devenus « imprésentables » ou considérés comme trop dangereux.

Après bien des péripéties, il sera révoqué de la fonction publique à la demande de l'armée et vivra deux ans sans traitement, avec cinq enfants à charge, dans un petit appartement HLM de la porte Saint-Cloud. Paul Teitgen a enfin réalisé son rêve en 1960. Il est alors nommé maître des requêtes, au tour extérieur, par de Gaulle, admiratif de son courage face aux généraux partisans de l'Algérie française, qui l'avaient menacé de mort. En fait, le Premier ministre Michel Debré voulait, lui, le faire taire définitivement au nom du droit de réserve des fonctionnaires.

Cela n'empêchera pas l'ancien secrétaire général de la préfecture d'Alger d'aller témoigner en décembre 1960 en faveur des porteurs de valises du FLN au procès du réseau Jeanson et de rendre publique, dans *Le Monde*, sa lettre de démission adressée à Robert Lacoste. Après son arrivée au Palais-Royal, il continuait à être un soutien précieux de l'historien Pierre Vidal-Naquet et de Josette Audin, qui se battaient pour établir la vérité sur le meurtre de Maurice Audin. Contrairement aux vœux de certains, jamais un vice-président ou un membre du Conseil d'État n'a fait pression sur l'ancien déporté pour qu'il se taise.

## *On l'appelait Radio Luxembourg…*

Dans la foulée de l'installation à l'Élysée de Valéry Giscard d'Estaing et de la fin des émeutes dans les prisons, Jacques Mégret fut nommé, le 6 septembre 1974, patron de l'administration pénitentiaire. Un choix apparemment insolite, puisque aucun autre conseiller d'État n'a été depuis nommé à ce poste. Une affectation qui a aussi beaucoup étonné parmi les sages du Palais-Royal, très hostiles à l'idée d'aller se frotter à la réalité carcérale. En un peu plus d'un siècle et demi, la quasi-totalité des titulaires de ce poste ont été des préfets ou des magistrats contre seulement six conseillers d'État.

Mais il s'agissait d'un haut fonctionnaire pour le moins atypique. Le nouveau directeur de l'administration pénitentiaire était le père du futur compagnon de route de Jean-Marie Le Pen, Bruno Mégret. La filiation s'arrête là... À l'inverse de son fils polytechnicien des Ponts et Chaussées, ce grand commis de l'État n'avait jamais fait de politique malgré un passage, en 1956, au cabinet de Gaston Defferre, ministre de l'Outre-Mer. Nommé ensuite à Bruxelles comme directeur du service juridique du Conseil des ministres européens, il était revenu au Conseil d'État en 1968 au terme prévu de ses dix ans de mise en détachement.

Serviteur de l'État, il le resta toute sa vie. L'ancien délégué général du Front National Bruno Mégret estime que son père était « plutôt centriste », et que, dans sa dernière fonction, exercée sous le ministère de Jean Lecanuet, « il a instauré des réformes libérales ». S'il n'était donc pas particulièrement, aux yeux de son fils, un homme d'ordre, Jacques Mégret lui apparaissait comme un homme droit au service de son pays[1].

Mais il s'est retrouvé marginalisé comme tous les conseillers d'État revenus à la maison après avoir servi l'Europe. « Les anciens de la Commission à Bruxelles ou de la Cour de justice de l'Union européenne à Luxembourg ont été très malheureux à leur retour », explique aujourd'hui un conseiller d'État à la retraite voulant garder l'anonymat. « On les appelait Radio Luxembourg parce qu'on

1. Romain Rosso, « L'ascension d'un homme dangereux », *L'Express*, 26 février 1998.

considérait qu'avant chaque jugement à rendre au Conseil d'État, ils avaient l'intention de dire : “Que dirait au Luxembourg la Cour de justice de l'Union européenne ?” »

Explication : les sages du Palais-Royal étaient alors très hostiles au droit européen, dont ils refuseront de reconnaître la prééminence sur le droit français jusqu'en 1989. Ce qui était pour le moins paradoxal. En effet, la belle brochette de membres du Conseil d'État nommés à Bruxelles ou au Luxembourg (qui y supplantaient nettement les magistrats de la Cour de cassation et tous les autres corps de hauts fonctionnaires de l'Hexagone) répondait alors à une demande des institutions européennes intéressées par leur expertise. En fait, la Cour de Luxembourg (qui veille à l'application du droit européen dans chaque État membre) et les services juridiques du Conseil des ministres à Bruxelles (en tant que conseillers de cette institution) ont vu leur compétence et leur organisation copiées sur celles du Conseil d'État français.

### *Patron des prisons et… humaniste*

Comme tous ses collègues à l'époque, Jacques Mégret ne connaissait pas grand-chose au monde carcéral. Mais ses fonctions de patron du service juridique du Conseil des ministres européens à Bruxelles (chargé, entre autres, de filtrer politiquement depuis 1955 les requêtes individuelles déposées auprès de la Cour européenne des droits de l'homme à Strasbourg) lui avaient donné une certitude bien dérangeante pour un juriste. Les prisons françaises n'étaient pas conformes aux exigences du droit français et européen, notamment en matière de protection des droits de l'homme. Concernant les conditions de détention dites indignes, son attention avait été attirée essentiellement par les maisons d'arrêt (réservées aux courtes peines), qui, en cumulant bien souvent la vétusté et le surpeuplement, étaient synonymes de honte et d'humiliation.

Ce conseiller d'État s'était aussi attaché à améliorer tout autant la situation du personnel pénitentiaire que des détenus, en accord avec Hélène Dorlhac, première secrétaire d'État à la Condition pénitentiaire. Tous deux manifestaient une volonté de transformation des règles pénitentiaires, mais aussi du style de relations de l'administration avec les prisonniers. Le meilleur exemple : Jacques Mégret avait écrit à tous les directeurs de prison pour les inciter à passer du temps en détention à dialoguer avec les prisonniers ! Rien à voir avec son patron, le ministre centriste de la Justice et conseiller d'État Jean Lecanuet, « qui cachait si peu le médiocre intérêt qu'il portait à ce poste qu'il paraissait s'en vanter[1] ».

Les 26 000 détenus à l'époque (plus de 70 000 aujourd'hui) étaient redevenus des citoyens à part entière grâce au vote de deux lois et à la publication de plusieurs décrets. Les prisonniers avaient

1. Philippe Boucher, *Le Ghetto judiciaire*, Grasset, 1978, p. 18.

dorénavant un accès libre à un transistor (la possession d'un tel appareil entraînait auparavant trente jours de mitard), le droit à la lecture de journaux non censurés, le droit au courrier sans limitation du nombre de lettres envoyées ou reçues, le droit de porter leurs vêtements personnels, le droit de voter par procuration, le droit au mariage sans l'autorisation de l'administration et la fin de « la boule à zéro ». Par ailleurs, les réductions de peine, les dispositions de sursis avec mise à l'épreuve, les peines de substitution pour les emprisonnements de courte durée (suspension du permis de conduire, retrait du permis de chasser, jour-amende...) et les permissions de sortie pour bonne conduite étaient facilitées au nom du maintien des liens familiaux. Une vraie révolution derrière les hauts murs.

Toujours sous le label de la réforme dite Lecanuet, du nom de son ministre, un décret du 23 mai 1975 institua des centres de détention libéralisés. Des établissements orientés vers la réinsertion des détenus et les peines de substitution. En revanche, un décret et une circulaire de l'administration mettaient en place 19 quartiers d'isolement. Ces textes prévoyaient les mises à l'isolement, plus ou moins total, et pas plus de 300 prisonniers, dans des locaux réduits, de jour comme de nuit.

### *Les QHS mettent le feu...*

Le développement des QHS était la conséquence directe de la violence des mutineries de l'été 1974. Ces révoltes avaient conduit les autorités pénitentiaires à exclure arbitrairement de certaines prisons plus de 900 condamnés ou prévenus, qualifiés de meneurs et transférés dans d'autres établissements. Il avait suffi de mesures décidées unilatéralement par l'administration. Les QHS se voyaient assigner en fait un triple rôle : empêcher les évasions, casser les fortes têtes et intimider la majorité des prisonniers pour les convaincre de s'abstenir de toute contestation.

Fin juriste, Jacques Mégret avait découvert que le régime d'isolement total et prolongé (une sorte de QHS avant la lettre) appliqué à l'origine dans plusieurs prisons françaises à des détenus du FLN, depuis 1955, n'était prévu par aucune des dispositions générales du Code de procédure pénale[1] ! Il existait à grande échelle, notamment dans les établissements de Beaune, Mende et Chaumont. Ce règlement pénitentiaire n'était pas plus légal après la parution du décret du 23 mai 1975. Jacques Mégret était bien placé pour savoir que ses collègues de la section du contentieux allaient recevoir un beau jour une requête d'annulation de ce décret, en bonne et due forme. Mais, tout conseiller d'État qu'il fût, il ne pouvait pas s'opposer frontalement à Jean Lecanuet et à Michel Poniatowski ainsi qu'aux puissants syndicats de gardiens de prison.

Quatre ans plus tard, le 4 mai 1979, la formation de jugement de la section du contentieux jugeait

1. Michel Fize, « L'isolement cellulaire dans les établissements pénitentiaires français », t. II, *Travaux et Documents*, n° 29, octobre 1984, Direction de l'administration pénitentiaire, p. 31-32.

irrecevables tous les recours. Le Conseil d'État refusait ainsi de contrôler la légalité des QHS décidés de manière discrétionnaire par l'administration pénitentiaire. Il s'estimait bien compétent, mais jugeait « ne pas avoir à en connaître », considérant que son contrôle s'arrêtait aux portes des prisons.

Il n'est pas anodin de rappeler que le président de la section du contentieux et numéro 2 à l'époque du Conseil d'État, Claude Heumann (qui déboutera Josette Audin de toutes ses requêtes en se jugeant incompétent), avait présidé la formation de jugement ayant rendu l'arrêt sur les QHS. Pas question pour lui d'emboîter le pas à Jacques Mégret et de partir en guerre contre l'administration pénitentiaire au nom de la loi !

Le sens de l'honneur reste d'actualité, malgré tous les compromis passés, dans le palais de Richelieu.

# Conclusion

Le Conseil d'État reste le grand corps par excellence, non seulement de la fonction publique, mais de la société française.

L'institution a indéniablement su évoluer. Les délais de jugement, grâce à de nouvelles méthodes d'instruction atypiques, ont diminué. Les procédures qui permettent de juger dans l'urgence – les référés-liberté ou les référés-suspension – se sont dans l'ensemble révélées efficaces au fil du temps. Le recours à l'informatique, lui, s'est accéléré. Bref, le Conseil a tenté de corriger ce qui devait l'être.

Les traditions persistent en revanche dans la pratique du tour extérieur – le symbole de la faveur du Prince, autrement dit le bon plaisir de l'Élysée. Les allers et retours dans des conditions souvent contestables entre la haute juridiction et le secteur privé continuent.

Or, ceux qui appartiennent à cette grande maison (même les plus jeunes) sont fréquemment portés à regarder de haut le reste du monde. Ils se sont arrogé le monopole de la compétence et n'entendent guère les critiques adressées à leur institution, en raison de sa tendance au mélange des genres, lié notamment aux opportunités (détachement, disponibilité...) offertes par le statut de la fonction publique.

Une chose est sûre, le légitimisme vis-à-vis du gouvernement et au-delà de l'administration n'est pas près de disparaître au Palais-Royal. Depuis quelques années, le Conseil d'État s'est ainsi doté d'un maillon essentiel de la lutte antiterroriste, ce qui s'explique dans le contexte de la série d'attentats de ces dernières années. Mais en votant la loi du 24 juillet 2015, le législateur a ainsi confié au Conseil d'État un nouveau pouvoir, celui d'un contrôle juridictionnel des activités des services de renseignement, notamment en matière d'écoutes téléphoniques, d'espionnage, ainsi que, mais cela n'est pas nouveau, de perquisitions administratives et d'assignations à résidence.

Ancien vice-président du Conseil d'État, Renaud Denoix de Saint Marc s'était toujours refusé à donner son feu vert à un dispositif qui contourne les règles classiques.

Vice-président jusqu'en 2018, Jean-Marc Sauvé a accepté, lui, de faire entrer le Conseil d'État dans une zone périlleuse, celle des méthodes d'action des services de renseignement. Une chambre spécialisée, dont les membres sont habilités ès qualités au secret-défense, a été créée au Palais-Royal, dont les modes opératoires sont acceptés par certains mais suscitent aussi de la perplexité, voire une véritable inquiétude chez d'autres. C'est avec le temps qu'on pourra trancher ce débat. Justement, le Conseil d'État, sur ce plan, n'est jamais pressé.

# Remerciements

Ma gratitude, mes remerciements vont bien évidemment aux quelques membres de ce grand corps qui m'ont aidé à le décrire presque de l'intérieur et qui n'ont pas voulu figurer dans cet ouvrage.

Ces hommes courageux ont ainsi accepté de participer à la première tentative journalistique destinée à publier un ouvrage grand public sur une institution qui n'aime pas faire parler d'elle.

Cette haute juridiction a d'ailleurs réagi, malgré les sollicitations, à cette enquête par un silence total.

Le vice-président du Conseil d'État, Bruno Lasserre, a mis un mois à répondre à mon mail, laissant mes interrogations sans réponse et à la diligence de sa directrice de la communication qui m'a répondu deux mois plus tard sur un point précis (pour une quinzaine de questions posées).

Enfin, ma démarche a été fraîchement accueillie par les actuels ou anciens pensionnaires du Palais-Royal et les professeurs de droit administratif que j'ai contactés par mail, téléphone ou lettre. Une dizaine d'entre eux m'ont répondu pour apporter confirmations ou corrections. Ou me dire qu'ils n'avaient rien à dire !

Je tiens d'autant plus à remercier les magistrats qui m'ont éclairé et informé sur ce chemin difficile, tout au long de mes dix-huit mois d'enquête.

Pour la réalisation de cet ouvrage, je dois aussi remercier Alexandre Wickham, mon éditeur qui m'a fait confiance et n'a pas ménagé sa peine pour ce projet qui a de quoi effaroucher tous ceux qui restent impressionnés par l'institution. Enfin, merci aussi à Patricia Picard qui a veillé au suivi du manuscrit.

# ANNEXES

## 1. Affaires enregistrées et affaires réglées par formation de jugement par le Conseil d'État en 2018

### AFFAIRES ENREGISTRÉES PAR LE CONSEIL D'ÉTAT : 9 563

| *par origine de la saisine* | *par mode de saisine* |
|---|---|
| COURS ADMINISTRATIVES D'APPEL : **3 184**<br>soit 33 % des saisines | **6 494** POURVOIS EN CASSATION<br>dont CAA : 3 184 ; TA : 2 180 ;<br>juridiction spécialisées : 1 083 |
| TRIBUNAUX ADMINISTRATIFS : **2 180**<br>soit 27 % des saisines | **1 083** SAISINES EN 1er RESSORT<br>**1 129** RECOURS contre une décision de rejet d'aide juridictionnelle |
| JURIDICTIONS ADMINISTRATIVES SPÉCIALISÉES : **1 130**<br>soit 12 % des saisines | **309** règlements des questions de répartition des compétences au sein de la juridiction administrative<br>**314** RECOURS EN APPEL (TA) |
| SAISINE DIRECTE DU CONSEIL D'ÉTAT EN PREMIER RESSORT : **1 083**<br>soit 11 % des saisines | **317** QPC (dont 279 saisines directes du Conseil d'État[2], 37 des TACAA et 1 des JAS)<br>**30** DEMANDES D'AVIS (L.113-1) |
| *AUTRES*[1] : **1 672**<br>soit 17 % des saisines | **1** QUESTION PRÉJUDICIELLE<br>**168** AUTRES |

[1] *Dont recours contre les décisions de rejet d'aide juridictionnelle (1 129), en révision, en rectification d'erreur matérielle, règlement des questions de répartition des compétences au sein de la juridiction administratives, QPC et questions préjudicielles (trasmission des juridiction), demandes de sursis à exécution, demandes d'avis art. L 113-1.*

[2] *Ces 279 QPC sont déposées à l'occasion d'un recours introduit devant le Conseil d'État en premier ressort, en appel ou en cassation, ou à l'occasion d'une procédure d'urgence devant le juge des référés statuant en première instance ou en appel.*

### AFFAIRES RÉGLÉES PAR LE CONSEIL D'ÉTAT : 9 583

| |
|---|
| **4 927** DÉCISIONS RENDUES PAR FORMATION DE JUGEMENT :<br>**13** décisions d'ASSEMBLÉE<br>**13** décisions de SECTION<br>**1 309** décisions de CHAMBRES RÉUNIES<br>**3 590** décisions de CHAMBRES JUGEANT SEULES ET FORMATION SPÉCIALISÉES |
| **3 396** ORDONNANCES :<br>**3 049** ordonnances hors référés<br>**347** ordonnances de référés |
| **1 241** ORDONNANCES du président de la section du contentieux |

Le Conseil d'État, c'est magique ! Les statistiques officielles pour l'année 2018 le démontrent avec 9 563 affaires enregistrées contre 9 583 affaires jugées. La haute juridiction se présente donc comme rapide, efficace et de qualité malgré la hausse continue du contentieux et le manque de juges.

## 2. Affaires enregistrées par mode de saisine
*(données nettes sur 5 ans)*

| | 2014 | 2015 | 2016 | 2017 | 2018 |
|---|---|---|---|---|---|
| Premier ressort | 3 694 | 1 076 | 1 235 | 1 337 | 1 083 |
| Appel | 611 | 244 | 235 | 248 | 314 |
| Cassation | 6 097 | 5 759 | 6 499 | 6 383 | 6 494 |
| *1. Cassation des décisions des cours administratives d'appel* | *3281* | *2 999* | *3 325* | *3 003* | *3184* |
| *2. Cassation des décisions des tribunaux administratifs statuant en référé* | *645* | *688* | *721* | *662* | *716* |
| *3. Cassation des décisions des tribunaux administratifs statuant en premier et dernier ressort hors référés* | *1157* | *1 167* | *1 302* | *1 363* | *1464* |
| *4. Cassation des décisions des juridictions administratives spécialisées* | *1014* | *905* | *1 151* | *1 355* | *1130* |
| Autres | 1 680 | 1 648 | 1 651 | 1 896 | 1 672 |
| *1. Compétences propres du président* | *1475* | *1427* | *1405* | *1647* | *1 438* |
| *Recours contre les décisions du bureau d'aide juridictionnelle* | *1038* | *1 038* | *1 117* | *1 072* | *1 129* |
| *Règlement des questions de répartition des compétences au sein de la juridiction administrative* | *437* | *389* | *288* | *575* | *309* |
| *2. QPC transmises par les juridictions administratives de droit commun et spécialisées* | *44* | *35* | *50* | *57* | *35* |
| *3. Demandes d'avis (art. L. 113-1 du CJA)* | *9* | *10* | *25* | *19* | *30* |
| *4. Questions préjudicielles transmises par les juridictions judiciaires* | *0* | *0* | *7* | *7* | *1* |
| *5. Divers* [a] | *152* | *176* | *164* | *166* | *168* |
| Total | : 12 082 | 8 727 | 9 620 | 9 864 | 9 563 |

*[a] Recours en révision, recours en rectification d'erreur matérielle, demandes de sursis à exécution, etc.*

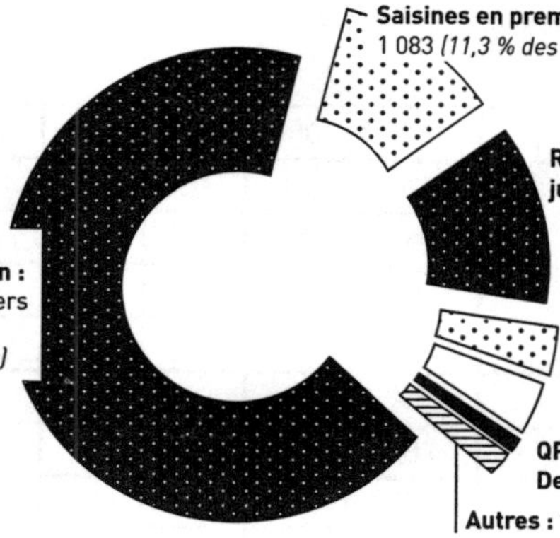


Les raisons de ce miracle au Conseil d'État apparaissent ici avec l'examen de l'origine des affaires enregistrées en 2018. Les pourvois en cassation contre les décisions des tribunaux administratifs et cours administratives d'appel en forment presque 70 %. L'explication : privés pour la plupart de procédures d'appel, les justiciables se reportent sur les pourvois en cassation qui doivent passer à travers le filtre des redoutables ordonnances de tri.

## 3. Affaires enregistrées par domaine contentieux
*(données nettes sur 5 ans)*

| | 2014[1] | 2015 | 2016 | 2017 | 2018 |
|---|---|---|---|---|---|
| 01 Agriculture | 169 | 114 | 228 | 117 | 129 |
| 02 Aide sociale | 398 | 480 | 451 | 485 | 613 |
| 03 Armées | 18 | 22 | 27 | 16 | 42 |
| 04 Collectivités territoriales | 2 779 | 154 | 214 | 124 | 173 |
| 05 Comptabilité publique | 19 | 25 | 29 | 23 | 21 |
| 06 Contentieux fiscal | 1 504 | 1 371 | 1 489 | 1 418 | 1 439 |
| 07 Culture | 7 | 12 | 19 | 17 | 13 |
| 08 Décorations | 8 | 2 | 0 | 2 | 2 |
| 09 Domaine – Voirie | 106 | 153 | 136 | 130 | 143 |
| 10 Droits des personnes et libertés publiques | 437 | 405 | 526 | 557 | 441 |
| 11 Économie | 137 | 86 | 111 | 128 | 76 |
| 12 Éducation – Recherche | 113 | 118 | 115 | 75 | 99 |
| 13 Élections | 543 | 171 | 73 | 58 | 49 |
| 14 Environnement | 121 | 162 | 146 | 155 | 164 |
| 15 Établissements publics | 4 | 20 | 15 | 5 | 8 |
| 16 Étrangers | 1 620 | 1 450 | 1 701 | 2 152 | 1 975 |
| 17 Expropriation | 81 | 73 | 60 | 66 | 65 |
| 18 Fonctionnaires & agents publics | 956 | 828 | 897 | 1 084 | 916 |
| 19 Juridictions | 67 | 114 | 100 | 147 | 122 |
| 20 Logement | 229 | 244 | 271 | 273 | 213 |
| 21 Marchés & contrats | 268 | 253 | 265 | 255 | 248 |
| 22 Pensions | 306 | 246 | 275 | 241 | 255 |
| 23 Police | 456 | 384 | 364 | 413 | 361 |
| 24 Postes et télécommunications | 29 | 8 | 7 | 4 | 1 |
| 25 Professions | 356 | 337 | 432 | 386 | 338 |
| 26 Radiodiffusion et télévision | 18 | 28 | 13 | 35 | 30 |
| 27 Rapatriés | 8 | 8 | 3 | 5 | 3 |
| 28 Santé publique | 161 | 202 | 165 | 189 | 211 |
| 29 Sécurité sociale et mutuelles | 91 | 93 | 90 | 120 | 101 |

| | 2014[1] | 2015 | 2016 | 2017 | 2018 |
|---|---|---|---|---|---|
| 30 Sports | 20 | 25 | 32 | 45 | 43 |
| 31 Transports | 25 | 39 | 42 | 38 | 18 |
| 32 Travail | 349 | 387 | 375 | 296 | 300 |
| 33 Travaux publics | 87 | 81 | 72 | 85 | 79 |
| 34 Urbanisme et aménagement | 569 | 604 | 720 | 684 | 845 |
| 35 Divers | 23 | 28 | 30 | 36 | 27 |

*[1] L'année 2014 a été marquée par l'enregistrement et le traitement de 2 626 dossiers relatifs au découpage cantonal.*

L'ambiguïté des comptes du Conseil d'État apparaît ici. L'exemple le plus caricatural : l'aide sociale est nettement minorée avec 613 requêtes, alors qu'elle est estimée au sens large à plus de 1 000 dans de nombreux autres documents de la haute juridiction. Explication : l'aide apparaît sous d'autres dénominations du contentieux : logement, santé publique, Sécurité sociale et mutuelles, pensions et travail.

## 4. Évolution des affaires réglées par formation de jugement et ordonnances du président de la section du contentieux
*(données nettes sur 5 ans)*

| | 2014 | 2015 | 2016 | 2017 | 2018 |
|---|---|---|---|---|---|
| Total : | 12 152 | 9 553 | 9 607 | 10 139 | 9 583 |

| Décisions juridictionnelles rendues en formation collégiale | | | | | |
|---|---|---|---|---|---|
| Assemblée du contentieux | 9 | 10 | 15 | 3 | 13 |
| Section du contentieux | 17 | 28 | 31 | 12 | 15 |
| Chambres de la section du contentieux | 5 386 | 4 824 | 4 834 | 4 761 | 4 899 |
| *1. en chambres réunies* | *1 362* | *1 389* | *1 325* | *1 250* | *1 309* |
| *Dont en premier ressort* | *448* | *395* | *462* | *425* | *449* |
| *Dont appel* | *38* | *107* | *29* | *20* | *11* |
| *Dont cassation* | *809* | *823* | *756* | *734* | *777* |
| *Autres* | *67* | *64* | *78* | *71* | *72* |
| *2. en chambres jugeant seules* | *4 024* | *3 435* | *3 509* | *3 511* | *3 590* |
| *Dont en premier ressort* | *867* | *276* | *335* | *322* | *451* |
| *Dont appel* | *126* | *202* | *57* | *17* | *22* |
| *Dont cassation* | *2 955* | *2 867* | *3 008* | *3 056* | *3 009* |
| *Autres* | *76* | *90* | *109* | *116* | *108* |
| Juge des référés statuant en formation collégiale | | | 6 | 10 | 19 |
| *Dont en premier ressort* | | | 0 | 2 | 13 |
| *Dont appel* | | | 6 | 8 | 6 |
| Total : | 5 412 | 4 862 | 4 886 | 4 786 | 4 946 |
| En % du total des décisions rendues : | 44,5 % | 50,9 % | 50,9 % | 47,2 % | 51,6 % |

| Décisions juridictionnelles rendues par ordonnances | | | | | |
|---|---|---|---|---|---|
| Ordonnances des présidents (hors référés) | 5 017 | 2 952 | 2 917 | 3 323 | 3 049 |
| *1. Ordonnances des présidents de chambre et du président de la formation spécialisée* | *5 017* | *2 918* | *2 884* | *3 306* | *3 031* |
| *2. Ordonnances du président de la section du contentieux rendues en application des articles R. 122-12 et R. 822-5 CJA* | *0* | *34* | *33* | *17* | *18* |
| Ordonnances du juge des référés | 308 | 284 | 331 | 409 | 347 |
| Total : | 5 325 | 3 236 | 3 248 | 3 732 | 3 396 |
| En % du total des décisions rendues : | 43,8 % | 33,9 % | 33,8 % | 36,8 % | 35,4 % |

| Compétences propres du président de la section du contentieux | | | | | |
|---|---|---|---|---|---|
| Ordonnances prises au titre de l'article R. 351-1 CJA et suivants et recours contre les décisions du bureau d'aide juridictionnelle | 1 415 | 1 455 | 1 473 | 1 621 | 1 241 |
| **Total :** | **1 415** | **1 455** | **1 473** | **1 621** | **1 241** |
| **En % du total des décisions rendues :** | **11,6 %** | **15,2 %** | **15,3 %** | **16 %** | **13 %** |

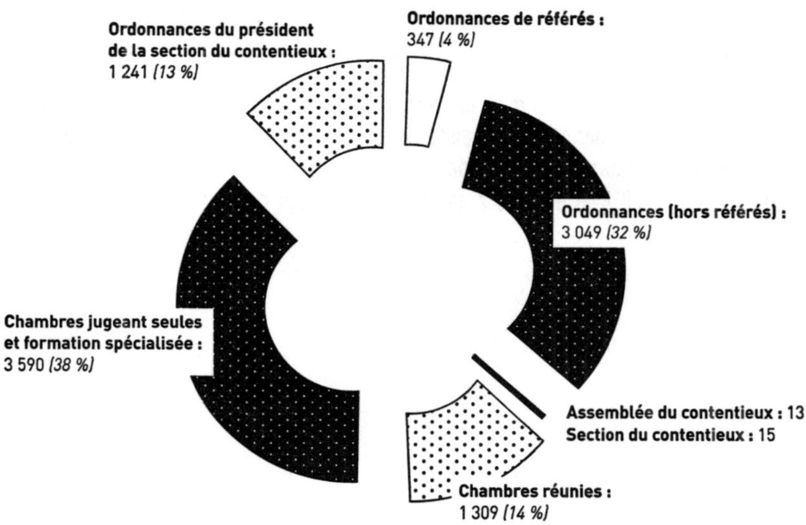


Ces chiffres montrent que le personnel dit « d'aide à la décision » est à l'origine de 45 % des décisions du Conseil d'État. Ces ordonnances portent la signature d'un seul vrai juge. Le reste, ce sont essentiellement des jugements rendus pour plus de la moitié en formation collégiale (trois juges au minimum).

## 5. Évolution des délais de jugement des affaires ordinaires

Ce délai correspond au délai moyen de jugement des affaires, de leur enregistrement à leur notification, à l'exclusion des référés-procédures d'urgence et des affaires dont le jugement est enserré dans des délais particuliers.

| 2014 | 2015 | 2016 | 2017 | 2018 |
|---|---|---|---|---|
| 1 an, 1 mois, 26 jours | 1 an, 2 mois, 2 jours | 1 an, 12 jours | 1 an, 1 jour | 11 mois et 29 jours |

L'aspect principal d'une meilleure organisation du Conseil d'État se cache derrière ce tableau répertoriant la baisse du délai moyen de jugement des affaires ordinaires. Un délai qui est passé de 1 an, 1 mois et 26 jours, en 2014, à 11 mois et 29 jours en 2018. Il était de 2 ans environ au début des années 2000.

## 6. Évolution des affaires en stock par mode de saisine, au 31 décembre de l'année de référence

*(données nettes sur 5 ans)*

| | 2014 | 2015 | 2016 | 2017 | 2018 |
|---|---|---|---|---|---|
| Premier ressort | 963 | 958 | 1 031 | 1 136 | 948 |
| Appels des jugements des tribunaux administratifs | 288 | 74 | 19 | 21 | 70 |
| Cassation | 4 779 | 4 208 | 4 257 | 3 650 | 3 805 |
| *1. Cassation des décisions des cours administratives d'appel* | *3 123* | *2 722* | *2 701* | *2 335* | *2 374* |
| *2. Cassation des décisions des tribunaux administratifs statuant en référé* | *204* | *215* | *246* | *219* | *212* |
| *3. Cassation des décisions des tribunaux statuant en premier et dernier ressort hors référés* | *962* | *857* | *825* | *752* | *843* |
| *4. Cassation des décisions des juridictions administratives spécialisées* | *490* | *414* | *485* | *344* | *376* |
| Autres | 169 | 146 | 154 | 154 | 432 |
| **Total :** | **6 199** | **5 386** | **5 461** | **4 961** | **5 255** |

L'évolution en accordéon du stock d'affaires non jugées au Conseil d'État montre que les requêtes en souffrance (5 255 en 2018) proviennent à 80 % de procédures de cassation contre 20 % de saisines directes au moyen de requêtes contre les décrets et actes réglementaires des ministres ou de l'administration. Ici encore, la suppression des procédures d'appel laisse des traces, en multipliant la seule issue pour de nombreux justiciables : la cassation.

## 7. Activité juridictionnelle de la section du contentieux par mode de saisine : affaires enregistrées en premier ressort, hors référé *(données brutes sur 5 ans)*

| | 2014 | 2015 | 2016 | 2017 | 2018 |
|---|---|---|---|---|---|
| **1. Ordonnances du président de la République** | **6** | **9** | **30** | **43** | **5** |
| **2. Décrets** | **2 950** | **312** | **572** | **437** | **305** |
| **3. Actes réglementaires des ministres et des autorités à compétence nationale** | **713** | **333** | **352** | **354** | **347** |
| **4. Sanctions prises par les autorités administratives visées à l'article L. 311-4 CJA** | **24** | **16** | **18** | **22** | **17** |
| *Autorité de contrôle prudentiel et de résolution* | *2* | *3* | *2* | *1* | *0* |
| *Agence nationale de contrôle du logement social* | *0* | *0* | *0* | *0* | *0* |
| *Autorité de régulation des communications électroniques et des postes* | *6* | *4* | *4* | *2* | *0* |
| *Haut Conseil des commissaires aux comptes* | *0* | *0* | *0* | *1* | *1* |
| *Conseil supérieur de l'audiovisuel* | *0* | *1* | *0* | *5* | *2* |
| *Autorité des marchés financiers* | *12* | *6* | *5* | *2* | *2* |
| *Agence française de lutte contre le dopage* | *4* | *2* | *6* | *10* | *10* |
| *Commission de régulation de l'énergie* | *0* | *0* | *1* | *1* | *2* |
| *Autorité de régulation des activités ferroviaires et routières* | *0* | *0* | *0* | *0* | *0* |
| **5. Contentieux des décisions prises par les autorités visées à l'article R. 311-1 CJA au titre de leur mission de contrôle et de régulation** | **69** | **67** | **66** | **73** | **53** |
| *Agence française de lutte contre le dopage* | *0* | *0* | *1* | *0* | *1* |
| *Autorité de contrôle prudentiel et de résolution* | *14* | *3* | *0* | *4* | *1* |
| *Autorité de la concurrence* | *8* | *15* | *11* | *8* | *9* |
| *Autorité des marchés financiers* | *0* | *1* | *1* | *0* | *3* |
| *Autorité de régulation des communications électroniques et des postes* | *5* | *4* | *4* | *2* | *1* |
| *Autorité de régulation des jeux en ligne* | *1* | *0* | *0* | *0* | *1* |
| *Autorité de régulation des activités ferroviaires et routières* | *0* | *1* | *10* | *7* | *1* |
| *Autorité de sûreté nucléaire* | *2* | *4* | *5* | *3* | *4* |
| *Commission de régulation de l'énergie* | *10* | *7* | *3* | *15* | *7* |
| *Conseil supérieur de l'audiovisuel* | *11* | *21* | *10* | *17* | *17* |
| *Commission nationale de l'informatique et des libertés* | *18* | *9* | *21* | *15* | *8* |
| *Haute autorité pour la transparence de la vie publique* | *0* | *2* | *0* | *2* | *0* |

| *suite* | 2014 | 2015 | 2016 | 2017 | 2018 |
|---|---|---|---|---|---|
| *Commission nationale de contrôle des interceptions de sécurité* | *0* | *0* | | | |
| 6. Contentieux des techniques de renseignement et des fichiers intéressants la sûreté de l'État | | | 124 | 99 | 69 |
| *Contentieux de la mise en œuvre des techniques de renseignement* | | | *9* | *5* | *10* |
| *Contentieux des fichiers intéressants la sûreté de l'État* | | | *115* | *94* | *59* |
| 7. Contentieux électoral (art. L. 311-3 CJA) | 45 | 36 | 6 | 4 | 3 |
| 8. Contentieux des autorisations de plaider (art. L. 311-5 CJA) | 1 | 2 | 4 | 3 | 3 |
| 9. Contentieux relatif aux collectivités ou territoires d'outre-mer (article L. 311-7 et suivants CJA) | 11 | 8 | 3 | 5 | 14 |
| 10. Contentieux de la responsabilité de l'État à raison de la durée excessive de la procédure devant la juridiction administrative | 5 | 18 | 5 | 2 | 4 |
| 11. Questions préjudicielles transmises par les juridictions judiciaires | 9 | 4 | 10 | 40 | 13 |
| 12. Recrutement et discipline des agents publics nommés par décret du président de la République | 46 | 44 | 33 | 56 | 52 |
| 13. Contentieux des décisions non réglementaires des ordres professionnels | 4 | 19 | 8 | 19 | 15 |
| 14. Urbanisme commercial | 1 | | | | |
| 15. Autres (décisions ministérielles prises en matière de concentration économique, dessaisissement TA, transmission CNCCFP, connexité...) | 20 | 19 | 65 | 58 | 52 |
| Total | 3 904 | 887 | 1 296 | 1 215 | 952 |

Les procédures dites en premier ressort (952 en 2018), c'est-à-dire les requêtes déposées directement devant le Conseil d'État, sont pour les deux tiers d'entre elles des requêtes pour excès de pouvoir contre les actes réglementaires des ministères (347) et les décrets (305), loin devant les 150 recours environ contre les décisions des AAI (autorités administratives indépendantes). La nette baisse de l'ensemble de ces requêtes semble aussi s'expliquer par les ordonnances.

## DU MÊME AUTEUR

*Un assassin au-dessus de tout soupçon*, Balland, 1984 ; J'ai lu, 2014

*Des affaires très spéciales*, avec Jacques-Marie Bourget, Plon, 1986

*Chirac et dépendances*, avec Jean-François Probst, Ramsay, 1986

*L'Empire de l'eau. Suez, Bouygues et Vivendi, argent, politique et goût du secret*, Ramsay, 2005

*Aux frais de la princesse. Enquête sur les privilégiés de la République*, J.C. Lattès, 2007 ; Nouveau Monde, 2011

*Bertrand le Magnifique. Enquête au cœur du système Delanoë*, Flammarion, 2008

*Le Sénat. Enquête sur les super-privilégiés de la République*, avec Robert Colonna d'Istria, Le Rocher, 2008

*Régions, le grand gaspi*, avec Robert Colonna d'Istria, Le Rocher, 2010

*La Caste des 500. Enquêtes sur les princes de la République*, J.C. Lattès, 2010

*Les Profiteurs du développement durable*, Presses de la Cité, 2011

*Défense française, le devoir d'inventaire. Enquêtes sur les faiblesses de l'armée et les milliards gaspillés par l'État*, Éditions du Moment, 2013

*Histoires secrètes de la corruption sous la Ve République*, sous la direction d'Yvonnick Denoël et Jean Garrigues, en collaboration avec Renaud Lecadre, Matthieu Pelloli, Jean-Paul Philippe, Noël Pons et Jean-Michel Verne, Nouveau Monde, 2014

*Rentiers d'État*, Éditions du Moment, 2015

*Le Sénat. Un paradis fiscal pour des parlementaires fantômes*, Le Rocher, 2016

*Composition : Nord Compo*
*Impression CPI Bussière en février 2020*
*Éditions Albin Michel*
*22, rue Huyghens, 75014 Paris*
*www.albin.michel.fr*
*ISBN : 978-2-226-43866-9*
*N° d'édition : 23249/01 – N° d'impression : 2049658*
*Dépôt légal : mars 2020*
*Imprimé en France*